Madeleine Bourdouxhe
Gilles' Frau

SERIE PIPER

Zu diesem Buch

Madeleine Bourdouxhes Drama einer zerstörerischen Leidenschaft, erschienen 1937, ist eine Wiederentdeckung von höchstem literarischem Rang. Bereits Simone de Beauvoir erkannte die atemberaubende Modernität der belgischen Schriftstellerin und war beeindruckt von ihrer Kühnheit: Nie zuvor war der Unterschied zwischen weiblicher und männlicher Sexualität so schonungslos, präzise und zugleich kunstvoll thematisiert worden. – Elisa lebt zusammen mit ihrem Mann Gilles, einem Fabrikarbeiter, und ihren beiden Zwillingstöchtern am Rand einer Industriestadt. Erfüllt von der Liebe zu ihrem Mann – einer sinnlich und emotional vollkommenen Liebe –, wartet sie jeden Tag sehnsüchtig auf seine Heimkehr von der Schicht. Über diese Familienidylle bricht unversehens die Katastrophe herein, verkörpert durch Elisas jüngere Schwester, die schöne und rücksichtslose Victorine.

Madeleine Bourdouxhe, geboren 1906 in Lüttich, gestorben 1996 in Brüssel. Sie gehörte zum literarischen Kreis um Jean Paul Sartre und Simone de Beauvoir. Ihr Œuvre, das mehrere Romane und Erzählungsbände umfaßt, erlebt derzeit ein internationales Comeback. Zuletzt erschienen auf deutsch ihr Roman »Auf der Suche nach Marie« und der Erzählungsband »Wenn der Morgen dämmert«.

Madeleine Bourdouxhe
Gilles' Frau

Roman

Aus dem Französischen von
Monika Schlitzer

Mit einem Nachwort von
Faith Evans

Piper München Zürich

Von Madeleine Bourdouxhe liegt in der Serie Piper
außerdem vor:
Wenn der Morgen dämmert (2067)

Taschenbuchsonderausgabe
Juni 1999

Titel der französischen Originalausgabe:
»La Femme de Gilles«, Gallimard, Paris 1937, und
Neuausgabe Éditions Labor, Brüssel 1985

Umschlag: Büro Hamburg und Zero, München
Umschlagfoto: Jeanloup Sieff, Paris
Gesamtherstellung: Clausen & Bosse, Leck
Printed in Germany ISBN 3-492-22861-5

Eins

»Fünf Uhr... Er wird bald heimkommen«, denkt Elisa. Und kaum hat sie das gedacht, ist sie zu nichts mehr fähig.

Sie hat den ganzen Tag geschrubbt, gewaschen, poliert, sie hat zum Abendessen eine dicke Suppe gekocht – es ist in dieser Gegend nicht üblich, abends viel zu essen, aber er braucht es, da er mittags in der Fabrik nur Brot und Ei hatte. Und jetzt hängen ihre Arme schlaff herunter und sind selbst zum Tischdekken zu schwer. Eine Welle der Zärtlichkeit ergreift sie wie ein Schwindel. Sie ist zu keiner Bewegung mehr fähig und muß sich schwer atmend mit beiden Händen an der Messingstange des Küchenherds festklammern.

Es ist jeden Tag dasselbe, ein paar Minuten bevor Gilles nach Hause kommt. Elisa ist nur noch ein kraftloser Körper, der in Liebe vergeht, vor Sehnsucht zerfließt. Sie wartet mit jeder Faser ihres Wesens. Sie will ihm entgegenstürzen, um ihn in ihre Arme zu schließen. Doch beim Anblick des stattlichen, muskulösen Körpers, der plötzlich im Cordanzug im Türrahmen erscheint, verläßt sie die letzte Kraft.

Wenn er kommt, steht sie immer regungslos da, ein wenig verstört, so daß er auf sie zugeht und sie sanft auf die Stirn küßt.

»Hast du die Kinder gesehen? Sie wollten dir entgegengehen.«

Er zieht seine Jacke aus, fährt sich mit seiner schwieligen Hand durchs Haar und setzt sich. Sein Hemd öffnet sich, und die nackte Haut darunter wird sichtbar. Er kratzt sich ein wenig an der Stelle, wo man die Brusthaare sieht.

Er antwortet: »Nein. Sie sind bestimmt mit den anderen zum Spielen auf die Wiese gegangen. Wir haben doch hier auch ein Stückchen Rasen; aber Kindern gefallen fremde Gärten immer besser als der eigene.«

»Ich mache mir keine Sorgen... Es ist nur wegen des Samstagsbades. Ich habe den großen Zuber vorbereitet. Die Sonne hat das Wasser erwärmt.«

Sie nähert sich ihm, atmet den starken Geruch von Schweiß, Eisen, Öl, Arbeit ein, der seiner Kleidung entströmt – Gilles' Geruch. Sie reibt ihre weiche Wange an seinem Gesicht, das unrasiert ist – Gilles' rauhe Haut... Gilles' Haare... Gilles' Mund... Gilles' Augen...

»Gilles«, sie spricht seinen Namen aus wie ein kurzes, feuchtes Raunen, das Wasser fließt ihr im Mund zusammen, benetzt ihre geschwungenen Lippen, bildet manchmal in den Mundwinkeln zwei winzige Perlen.

Sie geht zum Herd zurück und hebt den Topfdeckel ein wenig an, damit sich der Duft der Suppe verbreitet. Gilles schnüffelt mit männlichem Heißhunger und seufzt verliebt bei dem Gedanken an den bevorstehenden Genuß. Elisa lacht.

»Es ist zwar noch zu früh«, sagt sie, »aber, hier!«

Sie reicht ihm etwas mit Zucker bestäubten Reiskuchen und sieht ihm zu, wie er ihn mit drei Bissen hinunterschlingt.

Gilles wischt sich mit einer ausladenden Handbewegung den Mund ab und gießt sich vor dem Herd eine Tasse Kaffee ein.

Seine derbe Arbeiterhose hält ohne Gürtel auf seinen kräftigen Hüften. Er ist groß, sehnig und stark wie die meisten Arbeiter in dieser Gegend, doch seine schönen Augen unterscheiden ihn von allen anderen.

Im Garten beugt Elisa ihren hübschen, schweren Körper über den Zuber; das Wasser ist angenehm lauwarm. Sie hat ihre nackten Arme heineingetaucht, um die Temperatur zu prüfen, und überläßt sich jetzt ein wenig der wohltuenden Sanftheit. Sie sieht ihr Spiegelbild, das durch den Reflex der Sonne überstrahlt wird. Wenn sie ihren Kopf ein Stück zur Seite neigt, taucht sie in einen Schattenstreifen, und ihr Spiegelbild wird klarer: ihr Gesicht ist lang und voll, ihre Züge sind regelmäßig, ihr Haar dunkel und schimmernd. Ist es nicht merkwürdig, daß eine Frau aus dem Norden so spanisch wirkt?

Sie richtet sich auf, legt die nassen Hände an die Lippen und ruft die Kinder.

Sie lächelt Gilles zu, der am Fenster steht und in den Garten sieht. Er liebt diesen schmalen, langen Streifen Erde, den er an den Sonntagen im Frühjahr umgegraben und bepflanzt hat. Er hat auch das Taubenhaus aus rosaroten Ziegeln gebaut, die Hecke aus Johannisbeersträuchern gesetzt und den Bach, der den Garten längs durchquert, mit Steinbrocken eingefaßt.

Als sie das Haus zum erstenmal besichtigt haben, konnte er sich nicht entschließen, es zu mieten; doch dann entdeckte Elisa den kleinen Bach. Damals hatte sie noch eine Figur wie ein junges Mädchen, und Gilles beobachtete sie, als sie zum Wasser lief und ihre kleinen, festen Brüste in ihrer Bluse hüpften. Bei diesem Anblick erfüllte ihn auf einmal ein solches Glücksgefühl, daß er sich sofort entschied.

Das Haus gefällt ihm auch. Zwei Zimmer im Erdgeschoß, zwei Schlafzimmer im ersten Stock und unter dem Dach ein großer Speicher, der durch niedrige Fenster erhellt wird.

Gilles wendet sich um, weil er die Kinder in die Küche kommen hört, kleine blonde Zwillinge, brave, schüchterne Mädchen. Er hebt die Kleinen hoch, setzt sie sich auf die Knie und bläst ihnen in die Augen, um sie zum Lachen zu bringen. Es verwirrt ihn immer ein wenig, wenn er die beiden langen, blinzelnden Wimpernpaare so dicht vor sich sieht, und er sagt zärtlich: »So ein Glück, zwei kleine Mädchen wie euch zu haben.«

Elisa ist hereingekommen, um die Kinder zum Baden zu holen. Gilles atmet noch einmal tief den Duft der Suppe ein. Bald wird das Essen auf dem Tisch stehen. Morgen ist Sonntag, und er muß nicht zur Arbeit. Sein Körper stellt sich langsam auf die Ruhepause ein. Nach dem Aufwachen wird er Elisa lieben, wie immer am Sonntagmorgen: man hat viel Zeit und ist nicht erschöpft von einem langen Arbeitstag. An den anderen Tagen bleibt wenig Platz für die Lust, und kommt es doch gelegentlich vor, so geschieht das auch am Morgen, in den Wochen, in denen er in der Fabrik Nachtschicht hat: wenn er im Morgengrauen durch den Nebel nach Hause geht, sieht Gilles um sich herum die große Kraft des Tages aufkeimen, und bevor er in der künstlichen Nacht versinkt, die für ihn auf die echte folgt, hat er Lust, sich auch seinen Teil des Lebens zu nehmen. Dann beeilt er sich, nach Hause zu kommen, bevor Elisa aufsteht.

Sie wartet auf ihn, übermüdet nach einer schlaflosen Nacht. Sie schläft immer schlecht, wenn er nicht da ist. Fügsam und nachgiebig läßt sie sich nehmen, fasziniert von der Freude, die das Gesicht über ihr erhellt. Und wenn Gilles dann mit primitivem männlichem Stolz ungeschickt fragt, ob es für sie auch gut war, antwortet sie vollkommen aufrichtig; denn sie kann sich kein größeres Glück vorstellen, als Gilles glücklich zu machen.

Dann steht sie auf und macht ihm Butterbrote und Kaffee, damit er so schnell wie möglich schlafen kann. Wenn sie ihm das Frühstück bringt, wirft sie ihm verstohlen einen zärtlichen und verschämten Blick zu: sittsam, wie sie ist, geniert sie sich ein wenig, daß sie sich am hellichten Tag lieben, im Angesicht der reinen, klaren Morgensonne. Sie geniert sich, daß sie sich zu solchen Zärtlichkeiten hinreißen läßt.

Gilles lehnt sich wieder aus dem Fenster. Er denkt an nichts und an eine Menge winziger Kleinigkeiten. Morgen ist Sonntag... Der Duft der Suppe steigt ihm noch immer in die Nase... Die Blumen im Garten sind schön. Wie angenehm das Leben doch ist.

Er sieht Elisa zu, wie sie im Licht der untergehenden Sonne seine beiden nackten kleinen Töchter badet, und Frieden erfüllt ihn.

Zwei

Elisa hatte die Kinder auf den Tisch gesetzt, um sie für die Nacht zurechtzumachen.

»Da war jemand am Gartentor«, sagte sie und sah aus dem Fenster. »Ach! Es ist Victorine.«

»Du kommst gerade noch rechtzeitig, um den Kleinen einen Gutenachtkuß zu geben«, sagte sie zu dem eintretenden Mädchen. »Ich wollte sie eben ins Bett bringen. Du bleibst doch ein paar Minuten? Ich komme gleich wieder herunter.«

Sie nahm eins der Mädchen auf den Arm, schob das andere vor sich her und stieg langsam und ein wenig kurzatmig die Wendeltreppe ins obere Stockwerk hinauf.

Gilles füllte bedächtig seinen aus einer Schweinsblase gefertigten Tabaksbeutel.

»Schöner Tag!« sagte er zu Victorine.

»Ja, stimmt«, antwortete sie. »Hier draußen geht's. Wir sind ja schon ein bißchen auf dem Land... Aber in der Stadt erstickt man... Und es ist kein Vergnügen, den ganzen Tag in einem Geschäft eingesperrt zu sein.«

Sie setzte sich Gilles gegenüber schräg an den Tisch, nahm ein Rabattmarkenheft, das Elisa dorthin gelegt hatte, und fing mechanisch an, die Marken einzukleben.

Das Verlangen entsteht ganz plötzlich, aus dem Nichts. Gilles sah den kleinen roten Mund, der sich alle paar Sekunden öffnete, um eine spitze, lange Zunge herauszulassen, die zwei Finger mit einem kleinen quadratischen Papierchen ableckte. Sprachlos sah er zu, ohne sich zu rühren. Oft hatte er ein spontanes Begehren gespürt, wenn er Elisa ansah, doch es war eine Begierde gewesen, die sich ganz langsam und angenehm steigerte. Dieses Mal war es, als würde sein nackter Körper von einer Panik erfaßt, er hatte den Eindruck, das Blut ließe seinen Kopf bis zum Platzen anschwellen.

Er versuchte einen klaren Gedanken zu fassen. »Also wirklich. Das ist doch Victorine... Ich kenne sie seit Jahren... Schon als kleines Mädchen mit einem Zopf auf dem Rücken und später mit einem Knoten... Es ist nur die kleine Torine.«

Aber es nützte alles nichts, spielte überhaupt keine Rolle mehr. Während sie weiter ihre Marken aufklebte, war es ihm, als sähe er diese sich öffnenden Lippen, diese Zunge, die sich hervorschob und wieder zurückzog, zum erstenmal. Er erhob sich, ging um den Tisch herum und stützte sich auf die Herdstange. Dort stand er völlig reglos und starrte Victorine mit riesigen Augen an.

Reiß dich zusammen, Gilles, bis jetzt ist noch nichts geschehen... Ein starkes männliches Begehren, das so unvermittelt aus der Mitte des Fleisches entspringt und von keinem Gedanken geleitet wird, ist nicht schlimm. Das Wichtigste ist, dem keine Beachtung zu schenken und es so unberechenbar, wie es gekommen ist, auch wieder verschwinden zu lassen.

Aber in diesem Moment hob das kleine Biest den Kopf: sie gehörte zu denen, die sofort begreifen und sich keine Gelegenheit entgehen lassen.

Viele Mädchen sind ganz von ihren Gefühlen bestimmt. Bei Victorine verdrängte das Sexuelle alles andere. Sie war einfach so, sie konnte nichts dafür, das arme Mädchen. Aber trotzdem ist es abscheulich, so zu sein.

Sie schlug die Beine übereinander und streckte sich genüßlich mit einem merkwürdigen kleinen Seufzer, als wäre sie müde. Blitzschnell prüfte sie Gilles' Reaktion, klappte das Rabattmarkenheft zu, stand auf und ging zu ihm. Sie sah ihn an: er war ein gutaussehender Mann.

Männliche Beine... ein männlicher Oberkörper... männliche Schultern... Sie preßte sich mit ihrem ganzen Körper an ihn.

Mit fünf Sekunden Verspätung begriff Gilles, daß er den kleinen roten Mund haben konnte; beim Küssen bemerkte er einen leichten Klebstoffgeruch.

Seine Beine zitterten. Er war unfähig, sich zu rühren, als er Elisa die Treppe herunterkommen hörte, doch Victorine ließ sich geschmeidig auf ihren Stuhl gleiten und fing an, mit den Fingern auf den Tisch zu trommeln und eine bekannte Melodie zu trällern.

»Sie wollten heute einfach nicht einschlafen«, sagte Elisa.

Sie beugte sich hinunter, um den Kohlenkasten herauszuziehen, doch Gilles' Beine waren ihr dabei im Weg. Sie verharrte mit ausgestreckter Hand und wartete, daß er zurücktrat. Ihr Blick wanderte den großen bewegungslosen Körper hinauf: Gilles' Beine... Gilles' Brustkorb... Gilles' Schultern... Sie lächelte, als sie sein ausdrucksloses Gesicht sah, die leeren Augen.

»Was hast du? Geh schon zur Seite, du Nichtsnutz!« sagte sie lachend und gab ihm, der für sie der einzige Mann auf der Welt war, einen dicken, schmatzenden Kuß auf die Wange.

»Bleibst du zum Essen?« fragte sie Victorine.

»Von mir aus«, antwortete das Mädchen und erhob sich, um Elisa beim Tischdecken zu helfen.

Sie setzten sich zu dritt an den Tisch. Gilles aß seine Suppe, ohne ein Wort zu sagen. Victorine erzählte eine lange Geschichte über die Kassiererin des Geschäfts, in dem sie arbeitete. Elisa hörte ihr mit ruhigem Herzen zu und aß dabei mit gesundem Appetit. Gilles nahm sich ein wenig von den Kartoffeln mit Speck, aber er konnte seinen Teller nicht leer essen.

»Schmeckt es dir nicht?« fragte Elisa. »Soll ich dir ein paar Eier machen?«

»Nein, ich habe keinen Hunger... Ich fühle mich nicht ganz wohl...«

Sie sah ihn beunruhigt an.

Er spürte Victorines Bein, das sich an seinem rieb. Er hatte das Gefühl zu ersticken; auch die Nachtluft, die durch das geöffnete Fenster hereinkam, brachte keine Abkühlung.

Wenn eine von beiden aus dem Zimmer ginge, würde ich mich besser fühlen, dachte er.

Aber als Victorine fort war, sah er sich um: der Tisch... die Stühle... der Kalender an der Wand... die Uhr... Es ist doch alles wie immer... Nein, er konnte es nicht zulassen.

Er verharrte einige Minuten schweigend; zum erstenmal fiel ihm auf, daß Lärm oder Stille die Dinge unterschiedlich erscheinen ließen. Er dachte: Diese Stille ist schwer wie Blei. Sie war ihm unerträglich, deshalb sagte er unvermittelt: »Ich gehe mal runter und sehe nach den Tauben.«

»Jetzt?« fragte Elisa.

Das tat er sonst nie um diese Uhrzeit, aber warum nicht.

»Na gut, dann geh«, sagte sie, »aber du wirst sie aufwecken.«

Er ging hinaus und an der Tür des Taubenhauses vorbei, bog nach rechts um die Hausecke, stieg die Betonstufen zum Gartentor hinauf und beugte sich hinaus. Eine weiße Bluse sieht man auch in der Dunkelheit. Nein, es war niemand auf der Straße. Er ließ seinen Blick forschend bis in die hinterste Ecke des Gartens schweifen. Langsam stieg er die Stufen wieder hinunter. Dann lehnte er sich ein wenig an die Hausmauer und murmelte: »Was ist denn bloß mit mir los?«

Er schob die Tür des Taubenhauses auf. Er liebte diesen Korn- und Federgeruch; heute abend sog er ihn nicht mit derselben Freude ein wie sonst. Mechanisch rieb er ein Streichholz an: Er schaute, ohne etwas zu sehen.

»Was ist? Gehen wir jetzt schlafen, Liebster?« rief Elisa ihm von der Haustür aus zu.

Er wandte sich zum Gehen, zog an der Kette der Gaslampe und tastete sich auf Elisa zu, die ihn auf den untersten Treppenstufen erwartete. Sie gingen nach oben wie jeden Abend, Elisa voran, einen Arm nach hinten abgewinkelt, mit dem sie sich an Gilles' Schulter festhielt.

Drei

»Aber nein, es ist nichts... Wahrscheinlich habe ich mich verändert... Immerhin... Er macht schließlich die Einkäufe... dann die Gewerkschaft... Er bringt Mutter den Kaffee... Es wird eher an mir liegen... an meinem Zustand.«

Elisa war an der vierten Betonstufe angekommen. Wie bei den anderen kratzte sie zuerst den Schnee weg, schob ihn zu einem kleinen Haufen auf die linke Seite und entfernte dann mit einer Bürste den Rest. Sie kniete sich auf den sauberen Beton und machte sich an die fünfte Stufe.

»Und noch eins höher... auf zur nächsten.« Sie richtete den Oberkörper auf, stützte ihre linke Hand in den Schnee und betrachtete den Abdruck des Nagelschuhs. Ihre Gesichtszüge wirkten angespannt, so als hätte sie Mühe, Luft zu bekommen. »Liebes kleines Herz...« Sie hatte nicht gesprochen, ihre Lippen hatten diese Wörter lautlos geformt.

Wieder eine Stufe fertig... So, und jetzt... Die große Schneeplatte wegzuschieben ist das Angenehmste... Und dann bürsten... Und wieder ein neuer Haufen... »All die kleinen Häufchen. Ich werde ihn nachher bitten, sie mit der Schaufel wegzuräumen, genau... Und dann wird er wieder so ein Gesicht machen... Also wirklich!« Sie drehte sich um, ließ sich auf einer der schneebedeckten Stufen nieder und blieb dort mit der Bürste in der Hand einen Moment lang sitzen. Sie sah ihn deutlich vor sich, wie er mit ausgestreckten Beinen vor dem Feuer saß, die Füße auf die offene Ofentür gestützt, mit diesem Ausdruck von schläfriger Sattheit im Gesicht, der neu bei ihm war. Im Halbschlaf zuckte sein Kopf unwillkürlich vor und zurück; dann richtete er sich plötzlich auf und schüttelte sich, als wollte er niesen: sein hübsches Gesicht hatte etwas Zerknittertes, und die Adern auf seiner Stirn sprangen noch mehr hervor als sonst. »Ach, übrigens«, werde ich sagen, »meinst du, du könntest die Schneehäufchen mit der Schaufel wegräumen?« Und er wird sagen: »Ach, wen stören denn diese Häufchen!« Und dann wird er wieder diesen Gesichtsausdruck haben. Er...

Er wird sich gemütlich hinsetzen, die Nase hochziehen, ungeniert in sein Taschentuch spucken und mit gierigem Blick auf einen Punkt im Ofen starren. Ach ja, wen stören denn diese Häufchen.

»Nein, es liegt bestimmt an mir... Alles kommt mir komisch vor... Es liegt an meinem Zustand. War ich denn bei den Zwillingen auch so? Peng! Wieder ein Fußtritt... Seiner Mutter so in den Bauch zu treten... Na! Das wird ein ganz Kräftiger... Ja... Es liegt bestimmt an mir... Auf, weiter geht's.«

Sie machte sich an die vorletzte Stufe. Vorsichtig stieg sie hinunter und stützte sich an der Wand ab, um in ihren zu großen Holzpantinen nicht auszurutschen. Vor der Haustür zog sie sie aus, nahm sie in die Hand und tappte auf ihren feuchten Strümpfen hinein, die Augen auf ihren aufgeblähten Leib gerichtet, den sie weit herausstreckte. Mit Stolz trug sie dieses neue Gewicht, dieses Geschenk von Gilles' Körper.

Er kam ein wenig verspätet in Begleitung von Victorine nach Hause.

»Ich habe die Kleine mitgebracht«, sagte er. »Sie hat sich daheim gelangweilt, und weil du kaum noch ausgehst, dachte ich, ich könnte vielleicht heute abend mit ihr eine Runde drehen.«

»Eine gute Idee«, antwortete Elisa.

Stolz betrachtete sie das junge Mädchen, das so hübsch und frisch aussah, und dachte angesichts ihres eigenen, immer schwerfälliger und unförmiger werdenden Körpers: Es ist ganz gut, daß er mit ihr ausgeht, dann hat er wenigstens ein bißchen Zerstreuung.

Sie schämte sich dafür, daß sie sich am Nachmittag von dieser vagen Unruhe so hatte aus dem Gleichgewicht bringen lassen, und fragte ihn, als wollte sie sich etwas beweisen: »Könntest du bitte die Schneehäufchen wegschaufeln? Ich habe sie auf den Treppenstufen liegenlassen.«

»Natürlich«, sagte er. »Sofort.«

Sie sah ihn mit einem breiten, zufriedenen Lächeln an.

Gilles ging pfeifend hinaus. Er schob die Schaufel unter den ersten Haufen.

»Na, dann werden wir sie eben wegräumen, diese

Häufchen... Wenn es ihr Freude macht, das ist mir doch egal.«

Sie hatte schnell das Abendessen auf den Tisch gestellt, damit die beiden keine Zeit verloren.

»Ich habe kaum noch Geld«, sagte Gilles, als sie aufbrachen.

»Warte«, sagte Elisa, »ich werde dir welches geben. Wo geht ihr denn hin?«

»Ach... wahrscheinlich ins Kino.«

Victorine hatte ihre Handschuhe angezogen und den Hut aufgesetzt. Sie war ausgehfertig und stand abwartend dicht neben Gilles, beide Hände auf den Tisch gestützt. Elisa hatte ihnen den Rücken zugewandt und kramte in ihrer Handtasche. Sie hielt das Geld in der Hand und wollte die Tasche gerade wieder schließen, als diese Angst sie plötzlich wieder überfiel. Es war kein vages Unwohlsein mehr, das für einen Moment aufkommt, von dem man sich aber gleich wieder frei machen kann. Es war vielmehr eine drückende, deutliche Angst: sie betrachtete die vertrauten Gegenstände ihrer kleinen Welt vor ihren Augen und sah dann auf ihre zitternden Hände, die offen auf ihrer Tasche lagen. Doch hinter ihrem Rücken gab es eine andere, eine komplizierte Welt, die sie nicht kannte und die bedrohlich für sie war. Sie fühlte es und war sicher, daß sie recht hatte, aber sie durfte sich nicht plötzlich umdrehen, weil sie sich dann dieser Welt stellen müßte.

Verwirrt durch die plötzliche Einsicht, die ihr die Kehle zuschnürte, ließ sie einen kurzen Moment verstreichen. Dann wandte sie sich langsam um, zuerst das Profil, den Blick etwas abwesend geradeaus gerichtet, dann zu drei Vierteln, bis sie ihnen schließlich gerade gegenüberstand. Sie blickte die beiden an. Sie schienen sich überhaupt nicht gerührt zu haben. Sie standen vor ihr, wie sie sie vor einigen Minuten gesehen hatte, bevor das geschehen war.

Sie näherte sich Gilles und gab ihm das Geld. Sie schien so wie immer. Aber sie wußte, sie würde etwas sagen; noch war ihr nicht klar, was es sein würde – doch es wäre nicht irgend etwas, sondern ein notwendiger Satz, ein Satz, den sie bewußt und gezielt aussprechen würde.

Gilles steckte das Geld in den Geldbeutel und nahm seinen Hut.

»Also dann! Gehen wir?« fragte er mit einem Blick auf Victorine.

Dann sagte Elisa: »Wenn ich's mir recht überlege... Ins Kino zu gehen ist doch eigentlich gar nicht so anstrengend... Ich werde Marthe bitten, zu den Kindern zu kommen, und euch begleiten. Wartet einen Augenblick.« Rasch zog sie ihren Mantel über und verließ das Haus, um die Nachbarin zu verständigen, ohne sich auch nur eine Sekunde um die verdutzten Gesichter von Gilles und Victorine zu kümmern.

Als sie wiederkam, machten sie sich zu dritt auf den Weg. Keiner sagte ein Wort, während sie die glitschige, aufgeweichte Straße hinuntergingen. Es war eisig kalt. Gilles hatte seinen Kragen hochgeschlagen. Die beiden Frauen, links und rechts bei Gilles untergehakt, preßten sich mit der freien Hand ihre Pelze an den Mund. Sie gingen schnell. Trotz der Last des schweren Leibes, den sie trugen, fanden Elisas Füße ohne Schwierigkeiten Tritt auf dem steinigen Weg. Sie ließ ihren Blick aufmerksam die Häuserreihe entlangschweifen, zuerst auf der rechten, dann auf der linken Seite, und registrierte alles blitzschnell und mit äußerster Schärfe. Sie nahm jedes einzelne der schmutzigen Eisstückchen wahr, die im Rinnstein neben dem Gehweg glitzerten; sie sah die Grenze, an der der Lichtschein der Straßenlaternen in den dunklen Himmel überging. Als sie an einem erleuchteten Fenster vorüberkamen, erblickte sie eine Frau, die sich über einen halb abgeräumten Tisch beugte: Elisa hatte Zeit, ihr Gesicht zu erfassen, ihr Haar, ihren Mund, ihre Bewegungen, ihr Leben. Dieser Blick, der gerade so lange gedauert hatte, wie drei eilig ausschreitende Menschen brauchten, um an einem erleuchteten Rechteck vorbeizugehen, genügte Elisa, um diese Frau zu kennen.

Und ihr war klar, daß die beiden, die im selben Tempo wie sie diese Straße entlanggingen, zwar genau wie sie die Eisstückchen, den nebligen Schein der Lampen, abweisende Fassaden oder die hellerleuchteten Fenster sehen mußten, die das Leben der Frauen in ein trauriges Licht hüllten, doch sie hatten von all diesen Dingen eigentlich keine Vorstellung. Und sie empfand auf einmal einen tiefen Stolz, der ihr Herz tröstete, jedoch ohne die geringste Überheblichkeit.

Ohne daß einer von ihnen ein Wort gesprochen hätte, erreichten sie die Haltestelle der Tram, die sie in die Stadt bringen sollte.

Als Elisa in dem finsteren Saal saß, hatte sie das unbestimmte Gefühl, hier an ihrem Platze zu sein, zwischen

Gilles und Victorine, in diesem fremden Dunkel, das für sie gleichbedeutend mit der bedrohlichen Welt war, die sich vorhin offenbart hatte. Sie wußte nicht, warum sie so empfand, doch es war eine beglückende Gewißheit. Sie hatte weder das Bedürfnis zu verstehen, noch weiter zu forschen. Sie war noch in jenem Zustand der Euphorie, durch den uns unser Herz mitten in der größten Gefahr beschützt.

Aber nachdem sie Victorine nach Hause gebracht und kurz ihren Eltern guten Tag gesagt hatten, als Elisa im Bett lag und die ersten Schnarchgeräusche des schlafenden Gilles hörte, spürte sie mit jedem Atemzug, daß ihre Welt wieder zur Normalität zurückgekehrt war. Jetzt stand sie nicht mehr unter dem Zwang, nach verborgenen Regeln zu handeln. Auf einmal besaß sie die entsetzliche Freiheit, den Tatsachen ins Gesicht zu sehen.

Sie wollte dem verstörenden Gefühl von tiefem Unbehagen, das seit Wochen auf ihr lastete, auf den Grund gehen, das Geheimnis aufdecken.

Sie forschte in ihrer Erinnerung, wobei sie langsam immer weiter zurückging.

Sie formulierte keine klaren Gedanken, sondern ließ Bilder an sich vorüberziehen: Victorine... dann Gilles... dann wieder Victorine – dann Gilles und Victorine... Und hin und wieder, als gehorche er einer stillschweigenden Regel, hakte sich der Mechanismus der Erinnerung an einer Geste, einer Haltung, einem abrupt endenden Lächeln ein, das von einem unerwarteten Blick überrascht wurde und leider nicht schnell genug verschwinden konnte. Und immer neue Bilder zogen vorüber, schnelle, bedeutungslose oder schwerfällige, aufschlußreiche, die plötzlich wie erstarrt stehenblieben und gewissenhaft untersucht wurden. Victorine... Gilles und Victorine... Und wie ein Leitmotiv kehrte Gilles' neues Gesicht immer wieder, in dem Elisas besorgte, nach Vertrautem Ausschau haltende Augen in den letzten Tagen die undechiffrierbaren grausamen Zeichen entdeckt hatten.

Aus jedem Bild zog sie ein Stückchen der Erkenntnis, eine kleine schmerzliche Abstraktion, doch keines dieser Fragmente war in Wörter gefaßt. Stumm und ohne sichtbare Bedeutung sammelten sie sich in Elisas Herzen. Und bald würde als Ergebnis dieses geheimnisvollen Prozesses eine einfache grammatikalische Aussage dastehen, die auf einmal alle Bilder überflüssig machen und hinwegfegen würde. Sie wären dann nämlich zu einer präzisen Wahrheit verdichtet, einer erstaunlich knappen Wahrheit, die in diesen wenigen Wörtern enthalten wäre.

Elisa unterbrach die Prozession der Bilder. Sie sagte sich: Seit Wochen spielt sich zwischen Gilles und Victorine etwas ab... Vielleicht ist es ja schon zu spät, das Schlimmste zu verhindern.

Aber das waren nur einzelne Phasen. Elisa wartete einen Moment und nahm dann ihre ganze Kraft zusammen. Schließlich schaffte sie es: mutig versetzte sie sich einen Stoß mitten ins Herz: Gilles liebt mich nicht mehr. Sie taumelte und streckte mit einer schmerzlichen, unbeholfenen Geste die Arme nach dem schlafenden Gilles aus, so als wollte sie ihn um Hilfe bitten. Doch sie hielt rechtzeitig inne. Nein, Elisa, diesmal bist du in deinem Leid allein. Zum erstenmal kann Gilles' Zärtlichkeit dich nicht trösten, du mußt kämpfen, als wärst du allein auf der Welt. Niemand kann dir helfen, Gilles am allerwenigsten... Dem größten Schmerz deines Lebens stehst du allein gegenüber.

Das Leiden schlug in immer neuen, immer heftigeren Wellen über ihr zusammen. Sie fühlte, daß sie nahe daran war, schwach zu werden und alles aufs Spiel zu setzen. Mit einem Ruck warf sie die Decken zurück und schlüpfte aus dem Bett. Gilles bewegte sich und fragte mit schlaftrunkener Stimme: »Was ist denn?«

Elisa brachte mit Mühe heraus: »Ich bin am Verdursten... Ich gehe hinunter und trinke ein Glas Wasser...«

Dann biß sie die Zähne zusammen und tastete sich mit ausgestreckten Armen aus dem dunklen Schlafzimmer. Als sie in der Küche war, schloß sie die Tür hinter sich und ließ sich neben dem erkalteten Ofen auf die Knie fallen. Alle paar Sekunden wurde ihr Kopf von einem Schluchzer in die Höhe gerissen, um dann wieder auf ihre Arme zu sinken, die auf dem eiskalten Gußeisen lagen.

Als sie ins Schlafzimmer zurückkehrte, war ihr armer Körper völlig erschöpft. Ihr Kopf war zum Bersten, der Schmerz pochte heftig über den Augenbrauen. Als sie sich wieder ins Bett legte, hatte sie gerade noch so viel Kraft, sich ganz dicht am Bettrand kerzengerade auszustrecken: sie wußte, daß ihre Tränen noch nicht versiegt waren. Wenn sie nur mit ihrer Hand oder ihrem Bein die vertraute Wärme spürte, würde sie wieder von einem tiefen Schluchzen geschüttelt und sich schreiend zur Wehr setzen, Gilles an den Schultern schütteln und ihm verbieten, ihr seine Liebe zu entziehen. Und was würde er im traurigen Schein der Nachttischlampe sehen? Eine Frau mit zerzaustem Haar, verquollenem Gesicht, einem unförmigen Körper, der sich unter einem mitleiderregenden Flanellnachthemd wölbte. Eine Frau, die nichts als ihren unendlichen, hilflosen Schmerz aufbieten konnte, um ihn zu halten. Wieder spürte sie die Tränen aufsteigen. Alles schmeckte nach Tränen, ihre Lippen und ihre Hände, ihr Haar, ihr ganzes Gesicht, ihre Arme; auch ihre Wäsche war mit Tränen getränkt. Der Geruch des Leidens erfüllt die anderen immer mit Ekel, dachte sie.

Sie mußte sich unbedingt still verhalten. Mit fest an den Körper gepreßten Armen blieb sie reglos liegen.

Doch die Tränen fingen wie von selbst wieder an zu fließen, rannen heiß über ihre Wangen und rollten kalt auf ihren Hals. Sie wußte nicht, ob sie erst seit ein paar Sekunden oder schon seit Stunden so unbeweglich dalag. Weder Gedanken noch Bilder störten ihren namenlosen Schmerz. Manchmal wußte sie nicht mehr, was ihr so weh getan hatte. Elisa weinte lautlos, sie wagte noch nicht einmal, sich zu schneuzen – selbst dann nicht, als sie das Gefühl hatte zu ersticken –, nur um Gilles nicht aufzuwecken. Sie durfte jetzt auf keinen Fall die Beherrschung verlieren. Zuviel stand auf dem Spiel. Elisa runzelte die schöne Stirn, biß die Zähne fest zusammen und richtete ihren Blick starr auf das Fenster.

Draußen schimmerte ein kaltes Licht. Es war nur eine künstliche Morgendämmerung, die von der mit Schneemassen bedeckten Erde ausstrahlte, doch Elisa glaubte, die Nacht sei vorüber. Sie geriet in Panik, weil sie meinte, ihr bliebe nur noch wenig Zeit, bis Gilles erwachte. Sie lauerte unruhig auf die ersten deutlicheren Lichtstrahlen. Doch es wurde nicht heller. Sie hatte den Eindruck, eine geheimnisvolle Macht käme ihr von dort draußen zu Hilfe, und sie war dankbar, in der anhaltenden Morgendämmerung eine Komplizin zu haben.

Die offenen Augen auf dieses falsche Versprechen gerichtet, übte sich Elisa im tränenlosen Leiden.

Vier

Am Morgen stand Elisa wie gewöhnlich auf, kochte Kaffee und schmierte Brote für Gilles. Nichts in ihrem Verhalten verriet sie. Ihre Augen waren immer noch verquollen, aber in dieser Zeit war es ganz normal, daß Elisa nach dem Aufwachen müde wirkte.

Als Gilles aus dem Haus gegangen war, wandte sie sich wie immer ihren Pflichten zu, doch sie polierte die Ofenplatte und scheuerte die Küchenfliesen noch gründlicher als sonst.

Manchmal hielt sie mitten in der Arbeit inne und starrte einen Moment lang vor sich hin; sie durchforschte aber weder in Gedanken die Vergangenheit, noch legte sie sich einen Plan für ihr zukünftiges Verhalten zurecht: sie formulierte lediglich die Entdeckung, die sie am Abend zuvor gemacht hatte. Sie wußte, sie mußte handeln, doch ihr war noch nicht klar, in welcher Weise. Zunächst mußte sie sich an den Gedanken gewöhnen. Sie sagte es sich immer und immer wieder, bevor sie zu ihrer Tätigkeit zurückkehrte. Sie stürzte sich in die Arbeit, um in der Welt der Haushaltsgegenstände, der gewohnten Handgriffe und alltäglichen Verrichtungen zumindest ein äußerliches Gleichgewicht herzustellen. Und schließlich mußte die Arbeit ja getan werden... Gegen Abend gab sie den Kindern zu essen und machte sie für die Nacht bereit, damit Gilles, wenn er nach Hause kam, noch ein wenig mit ihnen spielen konnte. Hatte Elisa jedoch den Eindruck, er wolle lieber rauchen, Zeitung lesen oder sich in Ruhe entspannen, konnte sie die Kinder rasch ins Bett bringen.

So vergingen einige Tage. Und immer wenn Elisa zum erstenmal seit ihrer Entdeckung einen Gegenstand sah oder eine Tätigkeit ausführte, mußte sie sich aufs neue bewähren. Als sie einmal durch das Speicherfenster, aus dieser besonderen Perspektive, auf den Garten und den Bach blickte, wurde sie von einer Flut glücklicher Erinnerungen überwältigt und so gepeinigt, daß sie ihre Verzweiflung fast nicht bezwingen konnte. Am liebsten wäre sie in die Küche gestürzt, um sich vor Gilles auf den Boden zu werfen, um ihn anzuflehen, ihr doch alles bis ins kleinste Detail zu gestehen, oder um ihn zu schlagen, ihn genauso zu quälen, wie er sie quälte... Bis er ihr schwor, Victorine nie mehr wiederzusehen... Ihn mit diesen beiden Fäusten zu schlagen, die sie jetzt krampfhaft an ihre Wangen preßte...

Aber nach einigen Tagen hatte Elisa den Kreislauf der Tätigkeiten, die Woche für Woche ihr Leben bestimmten, vollendet, ohne schwach geworden zu sein. Die Katastrophe verlor allmählich die Schärfe, die sie bei ihrer Entdeckung gehabt hatte. Ihre Umgebung schien ihr jetzt nicht mehr so beunruhigend, fremd und unwirklich. Es war ihr gelungen, den Gegenständen selbst einen Hauch von Traurigkeit zu verleihen. Sie paßten sich dem Schmerz an, der ihren Körper und ihre Seele durchdrang, und wurden ihr so wieder vertraut. Und in derselben selbstverständlichen Monotonie, in der ihr Leben in glücklichen Zeiten verlaufen war, verlief es auch jetzt, im Unglück. Diese innere Wandlung, der Pakt zwischen den Dingen und ihrem Herzen, blieb Elisas sorgsam gehütetes Geheimnis. Sie lächelte unverändert auf ihre schöne, aufrichtige Art, bewegte sich ebenso lebhaft wie anmutig, und der Blick ihrer großen dunklen Augen war strahlend und heiter wie immer.

Fünf

Als wieder ein Sonntag kam, wußte Elisa, daß sie keine Zeit mehr verlieren durfte. Sie mußte an die Zukunft denken. Doch zuerst galt es herauszufinden, wie die Dinge standen. Was genau war zwischen ihnen passiert? Wann trafen sie sich und wo? Aber da sie schlecht nachfragen konnte, blieb ihr nichts anderes übrig, als die beiden zu beobachten, ihre Handlungen zu überprüfen... Sie mußte Gilles folgen, wenn er ohne einen bestimmten, ihr bekannten Grund – etwa um zur Arbeit zu gehen – das Haus verließ.

Am Nachmittag gegen vier Uhr schließlich streckte er sich ausgiebig und mit einem gelangweilten Gähnen, wie jemand, der vom langen Ausruhen ganz matt ist, und sagte: »Ich werde noch ein wenig an die Luft gehen.« Es klang völlig natürlich.

Sie hatte ihm seine Lederjacke und seine Mütze gereicht.

»Komm nicht zu spät zurück«, hatte sie freundlich gesagt und ihn geküßt.

Aber sobald er die Tür hinter sich zugezogen hatte, warf sie sich den Mantel über die Schultern und sagte zu den Zwillingen: »Artig! Ich komme gleich wieder...«

Es war schon dämmrig, doch sie erblickte Gilles' hohe Gestalt sofort vor sich auf der Straße. So leise sie konnte, folgte sie ihm auf der dunklen Straßenseite. Einmal sah sie einen Mann an Gilles vorbeigehen und auf sich zukommen: es könnte ein Freund oder ein Bekannter sein ... Also fing sie an zu laufen, um den Anschein zu erwecken, Gilles wäre nur ein wenig vorausgegangen, und sie wollte ihn einholen. Als der Mann jedoch grußlos an ihr vorüberging, verlangsamte Elisa ihren Schritt wieder und hielt sich in gleichbleibendem Abstand hinter Gilles.

Vor der Bäckerei Goblet blieb Gilles stehen; er betrat den Laden. Sie war am Haus vorbeigegangen. Am Ende des Lichtscheins, der durch das rechteckige Schaufenster auf die Straße fiel, blieb sie fassungslos stehen. Er war einfach hineingegangen, um sich im Hinterzimmer ein wenig mit einem Freund zu unterhalten.

Und jetzt?

Neben dem rechten Flügel des Hauses sah sie den verlassenen Garten mit seinen Lauben aus wildem Wein, wo den Ausflüglern aus der Stadt bei schönem Wetter Kaffee und Brioches serviert wurden. In dieser Jahreszeit standen zwar keine Tische und Stühle mehr draußen, doch in jeder dieser Gartenlauben gab es eine Holzbank. Elisa ging in die erste Laube hinein, plötzlich entschlossen, einige Minuten zu warten, und setzte sich auf das feuchte Holz. Sie wollte in die Ärmel ihres Mantels schlüpfen, aber sie fürchtete die Kälte, der ihre nackten Arme einen Moment lang ausgesetzt wären, und behielt das Kleidungsstück wie eine Decke um sich gewickelt, eine kleine schwarze Masse, die in der Dunkelheit der Laube kaum wahrzunehmen war. Das schwache Licht einer Straßenlaterne leuchtete durch die blattlosen Weinranken, die einen sanften Schatten auf Elisas Wange warfen.

In der Ferne erhob sich aus dem blassen Schein des Schnees, in einen zarten Nebelschleier eingehüllt, die mächtige Silhouette der Fabrik, in der Gilles arbeitete. Das nie verlöschende Feuer in den Öfen – es gab Tagesschichten, Nachtschichten und Sonntagsschichten – rötete den Nebel an allen vier Ecken. Diese aufgerissenen Mäuler, die unentwegt Feuer spuckten, hatten Elisa schon als Kind fasziniert.

Als kleines Mädchen hatte sie ihrer Mutter beim Tragen geholfen, wenn gebügelte Wäsche zu Kunden gebracht werden mußte, die in den Vororten wohnten. Die rotglühenden Öfen waren für das Kind die größte Attraktion auf diesen Ausflügen: sobald sie in Sichtweite kamen, kniete sich Elisa auf die Sitzbank des Straßenbahnwagens, preßte ihre Stirn gegen die beschlagene Scheibe und starrte auf die Flammen, die inmitten stiebender Funken rot und blau aufloderten.

Sie liebte diese allwöchentlichen kleinen Reisen mit ihrer Mutter. Auf dem Rückweg gingen sie, nachdem sie das Stadtzentrum mit der Straßenbahn durchquert hatten, zu Fuß durch ein dunkles, verlassenes Viertel und dann weiter am Fluß entlang. Von dieser Stelle aus konnte man weit sehen und erkannte in der Nacht sogar die weichen Umrisse der Hügel. Abends war es schwierig, die sanften, bewaldeten Hügel von den schwarzen, baumlosen zu unterscheiden, die man immer Schutthalden genannt hatte, bis einmal ein rätselhafter Feuerstrom aus einem der Hügel herausschoß und ihn damit von den anderen unterschied, denen er vorher zum Verwechseln ähnlich gewesen war. Elisa sah augenblicklich ein Bild aus ihrem Schulbuch vor sich und dachte: Es ist wie ein Vulkan. Hingerissen verfolgte sie den kleinen Feuersturz und konnte ihre Augen nicht von dem Licht lösen, das auf einmal aufleuchtete, dann schwächer wurde und allmählich wieder verschwand.

Während dieses Spektakels sagte sie unablässig dieselben Worte vor sich hin, wie einen rätselhaften Refrain, den außer ihr niemand verstehen konnte: »Ich bin in Italien... Ich bin in Italien...« Sie war so versunken, daß sie ihre Mutter und auch den knarrenden Weidenkorb voll schmutziger Wäsche vergaß, den sie zwischen sich trugen, und unwillkürlich ihren Arm hängenließ. Da sie jedoch wesentlich kleiner war als ihre Mutter, schlug ihr plötzlich das Gewicht des Wäscheballens, der an den tiefsten Punkt des Korbes gerutscht war, schwer gegen die Wade.

»Trag doch gerade! Das ganze Gewicht ist auf deiner Seite!«

Also hob Elisa den Korb wieder an und zog ihre Hand auf die Höhe der Hüfte, um ihn geradezuhalten. Sie wollte damit nur ihrer Mutter einen Gefallen tun, denn diese abgewinkelte Haltung war ihr viel unangenehmer, als das Gewicht an ihrem ausgestreckten Arm zu tragen. Es war ihr sogar noch unangenehmer, als sich von den Weidenruten die Wade aufschürfen zu lassen.

Sobald sich die beiden Henkel des Korbes wieder auf einer Höhe befanden, war das Gewissen der Mutter beruhigt, sie verfiel in Schweigen, und die kleinen, nackten, von der Kälte geröteten Beinchen trippelten mechanisch weiter den verlassenen Quai entlang. Elisa richtete ihren Blick angestrengt auf den eisigen Nebel, aus dem dann und wann das große Gerippe einer Brücke oder der flache Umriß eines ankernden Lastkahns auftauchte, und forschte angestrengt nach dem Hügel, der kurz zuvor seinen glühenden Kern enthüllt hatte. Sie entdeckte ihn schließlich über den Häusern und Fabrikschornsteinen wieder, eine düstere Masse, auf der Lichter funkelten. Doch sie konnte nicht mit Gewißheit sagen, ob es der eine oder der andere Hügel war, denn jetzt sahen sie schon wieder alle gleich aus. Das Vulkanbild hatte die Augen des kleinen Mädchens aber so betört, daß sie in dem merkwürdig anmutenden, sich in ihrer Vorstellung wiederholenden Singsang: »Ich bin in Italien... Ich bin in Italien...« den süßen Schauder wiederfand.

Sie verließen die finsteren Quais, gingen durch enge, gesichtslose Straßen und kamen schließlich in ihr Viertel zurück, das durch das trübe Licht der Ladenfenster erhellt war. Nun verlangt das Alltägliche wieder sein Recht. Das Lied und das Bild des falschen Vulkans werden von der Normalität verdrängt. Zu Hause, wo es nach feuchter Wäsche riecht, die unter dem Bügeleisen dampft, denkt Elisa nicht mehr daran.

Sie setzte sich neben den Ofen, der einen merkwürdig geformten Aufsatz mit lauter Bügeleisen trug, schlug ein Buch auf und machte ihre Hausaufgaben. Sie las mit auf die Knie gestützten Ellbogen, die Hände an die Schläfen gepreßt, scheinbar sinnlose Sätze und gab sich alle Mühe, sie zu wiederholen und auswendig zu lernen, während sie auf einen Leinenvolant starrte, der sich unter dem dampfenden Bügeleisen der Mutter entknitterte, wellte und wieder elegant fältelte.

Victorine klammerte sich mit ihren klebrigen Babyhänden an die Stapel sauberer Wäsche oder forderte wütend die Aufmerksamkeit ihrer arbeitenden Mutter.

»Ach! Wenn sie doch bloß endlich still wäre! Kannst du sie nicht mit irgend etwas aufheitern!«

Also hob Elisa Victorine auf ihren Schoß und ließ sie im Rhythmus eines Sprüchleins, in dem es um Pferde in einer Manege ging, auf und ab hüpfen, bis der Trab sich in einen wilden Galopp verwandelte und sie die kleine Schwester so abrupt nach hinten warf, als wäre sie ein Spielzeug, das es in ihrer freudlosen Kindheit nicht gegeben hatte.

»Schüttle sie doch nicht so durch!« rief die Mutter.

Daraufhin schloß Elisa die kleine Victorine beschämt in die Arme, küßte sie, ordnete die Fältchen ihrer Schürze und strich ihr das Haar wieder glatt. Wie oft hatte sie sie so auf ihren Knien gehalten und sich abgemüht, ein Band in dem viel zu kurzen Babyhaar zu befestigen, um sie noch hübscher zu machen.

Unbedeutende kleine Erinnerungen, die Elisas Herz erfüllten und ihrem Leiden etwas Unfaßbares gaben. Schmerz, gepaart mit Unbehagen. Wenn man die Gegenwart der Vergangenheit gegenüberstellte, wurde sie verworren, schockierend – die normalen Gesetze der Welt schienen keine Gültigkeit mehr zu haben. Was da geschah, verstieß gegen alle Regeln. Elisa hatte das Gefühl, den Boden unter den Füßen zu verlieren. Dabei war Gilles doch nur ausgegangen, um mit einem Freund zu plaudern...

Was tat sie hier mutterseelenallein in der Dunkelheit, bei dieser Kälte? Einen Moment war sie vor Hoffnung blind. Sie wollte aufstehen, um zu den Kindern zurückzukehren, und machte sich Vorwürfe, sie allein gelassen zu haben.

Doch sie rührte sich nicht von der Stelle. Als sie um sich blickte und die verwischten nächtlichen Umrisse, die vom Nebel verschleierten Lichter sah, stieg wieder eine unendliche Traurigkeit in ihr auf.

Was machte es, daß die Kinder allein waren! Sie liebte ihre kleinen blonden Mädchen, die Gilles' Haare und ihre Augen hatten, von ganzem Herzen und von ganzer Seele. Sie konnte nicht anders lieben, und so liebte sie auch das Kind, das sie trug und dessen Leben sie unter ihrem Herzen fühlte. Aber auch wenn Elisa als eine vollkommene Mutter gelten mochte, hatte die Liebe zu den Kindern weder ihren leiblichen noch ihren seelischen Ursprung in der Mutterschaft. Sie sind für sie vor allem die lebendige Fortsetzung ihrer Liebe zu Gilles, sind aus seinem Fleisch hervorgegangen, leben in seinem Haus, und ihre wichtigste Eigenschaft ist, daß sie diese Liebe sichtbar verkörpern.

Ist sie also eine Frau, die ausschließlich zur Ehefrau geschaffen ist? Ist sie nur auf der Welt, um zu gebären und für ein Heim zu sorgen? Unruhig und starr vor Kälte bist du, eine kleine dunkle Gestalt, noch ein wenig dunkler als die Finsternis, die dich umgibt. Du hast dich in dieses grüne Nest geflüchtet, eine Kreatur unter anderen Kreaturen, aus demselben rastlosen, schmerzensreichen Fleisch geschaffen und ins Leben geworfen. Warum sollte das Schicksal ausgerechnet für sie eine besondere Entwicklung bereithalten?

Eines Tages war sie in die enge Werkstatt ihres Vaters gekommen, wo es so gut nach Hobelspänen duftete, und hatte dort einen großen blonden Jüngling erblickt, der im Türrahmen stand. Er hatte die Arme voller frisch gehobelter Gewehrkolben, die er gegen seine Brust preßte. Eine schicksalhafte Begegnung.

»Danke, Gilles! Und sag deinem Vater, daß du wieder genauso viele mitnehmen kannst, wenn du nächste Woche kommst.«

Gilles hatte sich von dem Mann und dem jungen Mädchen mit einem offenen Lächeln verabschiedet, das sie tief berührt hatte.

Und jetzt stellte sie ihn sich im Hinterzimmer dieser Bäckerei vor, hinter dieser Mauer, an die sie sich lehnte. Wie schön er war... Trotz seiner Größe und seiner kräftigen Statur schien er immer noch genauso jung wie damals, hatte er noch immer diese weichen Gesichtszüge. Sicherlich erstrahlte auch bei seiner Unterhaltung mit den Goblets sein Gesicht in diesem lässigen, schmelzenden Lächeln. Elisa straffte den Oberkörper und lächelte nun selbst mit verliebtem Stolz. Dieser Mann gehörte ihr... Und sie liebte ihn so sehr, daß sie ganz gewiß das Recht hatte, um ihn zu kämpfen, ihn zu behalten, für sich... für sich allein. Es war eine unbestreitbare Tatsache... Kein Mensch hatte das Recht, ihn von ihr zu trennen... noch nicht einmal er selbst. Was auch geschehen mochte, was immer geschehen war, das Wichtigste war, daß sie kein Aufhebens davon machte. Sie mußte vor allem wachsam sein, durfte nur vorsichtig und unauffällig eingreifen, damit diese Liebe, mit der sie ihn umgab und zu der er zurückkehren würde, unbeschädigt erhalten blieb: ihre Liebe war so stark, daß er sich ihr nicht einfach entziehen konnte.

Sie blieb noch eine Weile so sitzen, den Oberkörper angespannt, die Arme unter dem leicht geöffneten Mantel vor der Brust gekreuzt, und war von einem unbeschreiblichen Stolz erfüllt.

Dann öffnete sich die Ladentür. Elisa erkannte Gilles' Stimme, als er sich verabschiedete, dann wurde die Tür hinter ihm wieder geschlossen, und sie hörte, wie sich Gilles' Schritte auf dem Pflaster entfernten.

Wieder folgte sie ihm in einigen Metern Abstand durch die Dunkelheit. Die Entfernung zwischen den einzelnen Häusern wurde jetzt immer größer. Elisa ging dicht an dunklen, schneebedeckten Hecken entlang. Noch ein Haus: ein kleines, stilles Café, durch dessen beschlagene Scheiben man nicht sehen konnte. Gleich führt die Straße ins offene Feld, dachte Elisa. Wohin wollte Gilles denn bloß? Vielleicht machte er nur einen Spaziergang. Aber er ging so schnell, daß sie ihm nur mit Mühe folgen konnte: in der Eile hatte sie ihre alten Schuhe anbehalten, deren Absätze so schiefgelaufen waren, daß jeder ihrer kleinen Trippelschritte schmerzte. Auf den Wegen schmolz der Schnee, und als Elisa in eine eiskalte Pfütze trat, drang das schlammige Wasser durch das Leder ihrer Schuhe, so daß ihre Strümpfe völlig durchnäßt waren. Wohin um alles in der Welt wollte er? Das war doch wirklich kein Wetter für eine Wanderung... Links und rechts gab es nur noch Felder. Und vor ihr, in weiter Ferne, schimmerten die Lichter des nächsten Dorfes. Einen Augenblick sah sie auf die weite weiße Fläche zu ihrer Rechten. Als sie sich wieder umwandte, konnte sie Gilles' Umriß nicht mehr vor sich erkennen. Sie lief ein paar Schritte, ohne ihn zu entdecken. Hier stand kein Haus mehr, die Straße wurde von keiner Laterne mehr beleuchtet... Und da war noch ein anderer Weg, der nach links abbog, und noch einer etwas weiter vorn... Wo war Gilles geblieben? Sie fühlte sich allein, war durchgefroren und müde. Sie hatte das Bedürfnis, sich einfach irgendwohin zu setzen, ganz gleich wohin. Am Straßenrand lag ein mächtiger Steinhaufen: dort ließ sie sich nieder, um sich auszuruhen. Sie wollte rufen, laut schreien: »Gilles!« Doch sie rief ihn nur in Gedanken, aus ihrem Mantel drang nichts als ein schwaches, kaum wahrnehmbares Klagen. »Gilles!« Sie wünschte, er würde hier in der Nähe stehen und sie hören, er käme, um ihr beim Aufstehen zu helfen... Sie würden den Weg gemeinsam zurückgehen, er würde sie liebevoll mit seinem Arm stützen. Zu Hause, in der behaglichen abendlichen Wärme, würden sie sich ein wenig unterhalten und frisch gebrauten Kaffee trinken, um sich wieder aufzuwärmen, die großen Tassen fest in beiden Händen, damit die Wärme langsam in ihre Finger stiege... Es war lächerlich, einfach so davonzulaufen und sich noch nicht einmal warm anzuziehen – und das in ihrem Zustand! Und was hatte sie damit erreicht? Gar nichts. Wie schwierig war es doch, die Wahrheit herauszufinden! Man denkt, man muß jemandem einfach nur folgen, damit sich alles auf natürliche Weise klärt. Und jetzt saß sie allein auf einem Steinhaufen, müde und vor Kälte steif, mit einer Liebe, die etwas zu schwer wog.

Es war Zeit zurückzugehen. Sie erhob sich und machte sich auf den Weg, wobei sie bei jedem Schritt die Zehen in ihren nassen Schuhen bewegte, doch davon wurde ihr auch nicht warm. Die Kinder waren allein... Bestimmt ängstigten sie sich... Vielleicht weinten sie. Wieviel Zeit war vergangen, seitdem sie sie allein gelassen hatte? Eine Stunde oder zwei... Vielleicht auch mehr! Wahrscheinlich nicht: die Zeit kommt einem lang vor, wenn man ganz allein in einem Wald wartet... und der Weg scheint endlos, wenn man durch die Dunkelheit geht. Aber tatsächlich dauert es von den Feldern bis nach Hause nicht länger als eine halbe Stunde... Im Vergleich zu den wirklich wichtigen Dingen im Leben war es ganz ohne Bedeutung, daß sie müde und mit kalten Füßen diese dunkle einsame Straße entlanggging. Es war nicht der Rede wert. Sie seufzte. »Oh, Gilles«, diesmal sprach sie seinen Namen aus, leise, aber vernehmlich.

Elisa ging über die Felder zurück, bis sie zu den Lichtern des ersten Hauses an der Straße kam. Zuerst sah sie niemanden, bemerkte dann aber das glühende Ende einer Zigarette und einen Mann, der an der Hauswand lehnte. Als sie an ihm vorüberging, streckte er die Hand nach ihr aus, als wolle er sie packen, hielt dann jedoch mitten in der Bewegung inne, sah sie an und sagte mit erstauntem Pfeifen: »Psss... Sieht ganz so aus, als hättest du deinen Teil schon abgekriegt!«

Elisa antwortete nicht und setzte ihren Weg fort,

ohne den Schritt zu verlangsamen, sah ihn nur mit großem, ruhigem Lächeln an.

Der Blick des Mannes folgte ihr. Sie entfernte sich, ihr Gang war ein wenig schwerfällig, doch gleichmäßig und entschlossen. Bald verschmolz sie mit der Dunkelheit.

Gilles kam um acht Uhr nach Hause. Seine Wangen waren von der Kälte gerötet, auf seiner Jacke glitzerten Tropfen von schmelzendem Schnee.

»So ein Wetter!« sagte er und schüttelte sich ein wenig auf der Türschwelle.

»Du hast ja reichlich frische Luft geschnappt«, sagte Elisa. »Wo warst du denn?«

»Zuerst bei Goblet, ein paar Minuten... Dann bin ich in die Stadt gegangen, um ein bißchen unter Leute zu kommen...«

»Aha!« Und sie sah ihn wieder vor sich, wie er aus dem Bäckerladen kam und die Straße hinunterging, aber nicht in die Stadt, sondern in die entgegengesetzte Richtung.

»Deine Schuhe sind pitschnaß... Zieh sie doch aus.« Sie holte hinter dem Herd die warmen Pantoffeln hervor und hielt sie ihm hin: »Bist du in der Stadt so naß geworden?«

»Nein... Der Weg dorthin reicht schon.«

»Natürlich.«

Gilles reckte sich, streckte die Beine aus, bewegte ein wenig die Füße in seinen warmen Pantoffeln: »Zu Hause ist es doch am schönsten«, sagte er. »Ich habe Hunger.«

»Das Essen ist fertig.«

Als er gegessen hatte, kramte er in seiner Tasche und sagte: »Ich habe dir etwas mitgebracht.« Und er hielt Elisa einen Beutel mit Karamelbonbons hin.

»Das ist lieb«, sagte sie mit beherrschter Stimme und stand auf, um ihm einen Kuß zu geben. Sie lehnte sich ein wenig schwerfällig an ihn und fühlte sich auf einmal hilflos.

Er streichelte den Stoff ihrer Bluse, wie er es manchmal tat, nahm ihre schönen Brüste und wog sie sanft in seinen Händen. Sie lehnte ihren Kopf an seine Schulter und ließ ihn gewähren, überrascht, sich so wohl zu fühlen.

Es war kaum zu verstehen. Jetzt war er liebevoll und zärtlich wie immer. Er hatte an sie gedacht, ihr Bonbons gekauft... Warum hatte er behauptet, er sei in die Stadt gegangen? Es war merkwürdig und unverständlich, aber vielleicht steckte ja etwas Harmloses dahinter.

Sie war so müde... Nach diesem schnellen Gang über die Felder hatte sie die Kinder gewaschen und ins Bett gebracht; sie hatte hastig einige ihrer Haushaltspflichten erfüllt, damit bei Gilles' Heimkehr alles erledigt wäre.

Jetzt wollte sie sich am liebsten nicht mehr rühren, nicht mehr denken, so bei ihm sein, bis der Schlaf sie in dem Moment überwältigen würde, wenn ihre Lippen sich öffneten, um seinen Hals immer wieder mit kleinen feuchten Küssen zu bedecken.

Gilles' Hände, die ihre Brüste hielten, Elisas Küsse: es waren die gewohnten Zärtlichkeiten, die auf einmal die Gegenwart mit der früheren Sicherheit ihrer Liebe verbanden, als jede Minute, jedes Wort, jede Geste eine Wohltat war.

»Laß uns schlafen gehen, Liebste.« Die Hände streicheln ihre Schultern, lassen sie los. Auch Elisas Arme lösen sich von Gilles, der Zauber ist verflogen.

Sie nimmt seine Schuhe aus der kleinen Wasserpfütze und stellt sie zum Trocknen weg. Er hat sie in dem grauen eisigen Schlamm getragen, auf dem Weg über die schneebedeckten Felder... Wohin ist er gegangen? Was war sein Ziel. Victorine? Victorine... Gilles und Victorine...

»Was ist, kommst du herauf?«

»Ja... Ich komme schon.«

Im Bett dreht er ihr nicht gleich den Rücken zu, er bleibt an sie geschmiegt liegen und sagt die kleinen merkwürdigen Wörter, die etwas ankündigen, was sie so gut kennt. Sie fühlte, wie seine Hände sie suchen.

Als er ihr leichtes Zurückweichen spürt, sagt er: »Hast du Angst? Ist es wegen dem Kleinen? Es tut ihm bestimmt nichts...«

»Warum hast du heute früh nicht gewollt... wie sonst immer.«

»Was weiß ich.«

Als er sich plötzlich über sie beugt, glaubt sie in seinen Augen so etwas wie Rachegelüste zu erkennen, vielleicht aber auch ein ungestilltes Begehren.

Nur keine Ungeschicklichkeit... Laß ihn zu dir zurückkommen, egal, unter welchem Vorwand... Bloß kein falscher Stolz... Stolz? Dieses Gefühl ist ihr völlig fremd, es verträgt sich nicht mit ihrer Liebe. In diesem

Moment wendet er sich schließlich allein dir zu ... Und du weißt genau, er wird dir völlig ergeben sein, welche Gedanken ihm oder dir jetzt auch durch den Kopf gehen mögen. »Und schließlich hat er an mich gedacht ... Er hat mir Karamelbonbons mitgebracht ...« Und nun ist sie gerührt; im Dunkel, das der Schein der Nachttischlampe kaum erhellt, lächelt sie ihn an. Nein, denke nicht mehr an die lange verschneite Straße, an die düsteren Felder, an die Lichter des Nachbarortes, die vielleicht ein Geheimnis bergen ...

Laß deine Gedanken über diese quälenden Bilder hinweghuschen und erst bei dem Augenblick stehenbleiben, als er dir das gelbe Papiertütchen hingestreckt hat. »Er hat mir Karamelbonbons mitgebracht.« Gib ihm dieses Geschenk hundertfach zurück ... Nein, schenke dich ihm ganz ... Und Elisas Hände gleiten suchend unter den Stoff und liebkosen schließlich die nackte Haut, deren kleinste Unregelmäßigkeit ihr vertraut ist.

Als sie sich liebten, tat sie so, als wäre ihr Herz ganz unbeschwert, abgesehen von dieser schmerzlichen und ermattenden Freude, die immer zur Liebe gehört.

Und jetzt hat Gilles ihr den Rücken zugedreht und schläft tief und fest. Und sie hat diesen Aschegeschmack im Hals und sieht auf das ewig meergrüne Fenster und den gelblichen Schimmer, den das Licht der Nachttischlampe über alle Dinge legt. Morgen wird sie wieder leiden müssen ... Suchen, entdecken, hoffen oder verzweifeln. Und sie wird unaufhörlich an seine Augen denken, in denen auf einmal etwas merkwürdig

Fremdes liegt, das im Kontrast zu den vertrauten Gesten steht. Gilles liebt mich nicht mehr ... Ach, wie trostlos ist die Welt ...

Sechs

Elisa begegnete Victorine einige Tage später. Es war ihr freier Tag, sie hatten im Laden eine Vertretung, erklärte sie, und deshalb konnte sie herüberkommen, um guten Tag zu sagen.

Sie stützte sich beim Reden mit den Ellbogen auf das Küchenbüfett. Ihr von billiger Schminke bedecktes Gesicht, ihr falscher schwarzer Fuchs, ihr großer Stohhut – von der Sorte, die man sommers wie winters tragen kann – nahmen ihr alle Frische und Schönheit.

Elisa betrachtete sie traurig, hätte ihr am liebsten gesagt, daß sie mit dieser falschen Eleganz mitleiderregend aussah. Aber sie schien auf ihre Fetzen stolz zu sein!

Elisa fing an, das Geschirr abzuwaschen, während sie Victorines Geplapper zuhörte, den Kopf über ihre Arbeit gebeugt.

Plötzlich unterbrach sie sie: »Übrigens... Am Sonntag habe ich kurz daran gedacht, bei euch vorbeizukommen. Papa und Maman waren doch sicher zu Hause... Und du, warst du auch da?«

»Nein, ich war bei einer Freundin... Weißt du, die, die neulich geheiratet hat. Ich bin gegen acht heimgekommen.«

»Ach so, die. Wo wohnt sie denn jetzt?«

»Dort draußen«, sie deutete mit dem Kinn in die Richtung des Nachbarorts. »Weißt du, noch hinter dem Bauernhof, an der neuen Straße... Dort sind ein paar kleinere Häuser gebaut worden... Weißt du, wo ich meine?«

Elisa sah wieder die nächtlichen Felder vor sich und dahinter eine Ansammlung von Lichtern, die in ihrer Vorstellung plötzlich näher kamen, größer wurden, bis sie alles andere auslöschten. Sie befand sich auf einmal am Eingang des Ortes, an einer Ecke der neuen Straße, wo sie an eine Wand gelehnt Gilles sah, der darauf wartete, daß Victorine das Haus ihrer Freundin verließ.

»Ja, ich weiß... Ich weiß«, sagte sie und verbuchte einen Treffer für sich. Na bitte... Man denkt, die Mühe war umsonst, und dann tauchen einige harmlose Lichter auf, die die bleichen Felder von der dunklen Ferne trennen, werden deutlicher, laden sich mit Geständnissen auf und erhellen alles... Ein langer Fußmarsch, um vom anderen Ende in die Stadt zurückzukommen, Schnee liegt in der eisigen Luft, man muß schnell gehen, fest aneinandergepreßt... Aber es ist unmöglich, bei solch einem Wetter irgendwo stehenzubleiben. Elisa stößt einen Seufzer aus; diesen winzig kleinen Ausdruck einer großen Erleichterung kann sie nicht zurückhalten.

Sie hebt den Kopf und sieht Victorine an; das Mädchen hat zwar weitergesprochen, doch Elisa weiß wirklich nicht, was sie noch zu erzählen haben könnte.

»Es ist elf! Ich gehe«, sagt Victorine. »Ich muß noch einiges einkaufen.«

Elisa begleitet sie bis zum Gartenzaun.

»Der Schnee ist völlig weg. Die Straßen sind sauber«, stellt Victorine fest und sieht auf ihre kleinen, engen Halbschuhe.

Auf der Straße schwatzt sie noch ein wenig weiter. Elisa stützt ihre gekreuzten Arme auf den oberen Querbalken des Zauns, sie betrachtet Victorine: in dem harten Licht scheinen ihre Wangen noch stärker geschminkt. Arme Victorine mit ihrem viel zu großen Hut, dessen Krempe sich bei jeder Bewegung wellt. Zwei Arbeiter kommen pfeifend die Straße herunter. Als sie die beiden Frauen erreichen, streift einer von ihnen, der einen groben Leinenbeutel über Schulter und Brust trägt, Victorine mit einem spöttischen Blick.

»He, du da... Hältst dich wohl für die Mistinguett!« ruft er ihr zu, während er den anderen mit dem Ellbogen anstößt, und sie setzen pfeifend ihren Weg fort.

Elisa prustet los... Sie hat den Kopf auf die Arme gelegt und kann sich vor Lachen nicht mehr halten. Victorine setzt eine hochmütige Miene auf, zuckt mit den Schultern und sieht Elisa an: »Wie kann man nur so dumm sein«, sagt sie und geht.

»Warte«, sagt Elisa und versucht, sich zu beruhigen. »Victorine... Auf Wiedersehn!«

Die andere dreht sich um: »Auf Wiedersehn! Ich komme am Sonntag zum Mittagessen... Gib den Kindern einen Kuß von mir... Und sag Gilles einen Gruß.«

»Mach ich«, ruft Elisa. Sie fängt gleich wieder an zu lachen und krümmt sich über den Gartenzaun.

Sie geht ins Haus, setzt sich auf die Tischkante und

wischt sich mit einem Zipfel ihrer Schürze die Augen. Schluß jetzt mit dem Gelächter! »He, du da... Hältst dich wohl für die Mistinguett!« Nein, sie kann nicht aufhören zu lachen... Und sie lacht leiser, ein kleines nervöses Lachen, das weh tut.

Sieben

»Ich komme am Sonntag zum Mittagessen...« Als sie eintraf, wurde rasch gegessen, denn auf dem großen Platz standen ein paar Schaustellerbuden. Da es noch nicht so spät war, wollten sie zusammen mit den Kindern dorthin gehen.

Am Schießstand von Flobert konnte man rote Zelluloidrosen gewinnen, wenn man die kleine, auf dem Wasserstrahl tanzende Kugel traf. Gilles holte sich auf diese Weise gleich drei Rosen. Die kleinen Mädchen durften eine Runde reiten. Victorine warf an einem anderen Stand ein paar Ringe: sie hatte es auf ein Maskottchen aus bemaltem Gips abgesehen, gewann aber überhaupt nichts. Gilles kaufte zwei Nougatriegel, einen für Elisa, einen für Victorine, und eine Tüte Krapfen für alle. Blieb noch die Bude des Fotografen. Elisa wollte nicht hineingehen, doch Gilles drängte sie: wenn sie sich in diesem Zustand nicht fotografieren lassen wollte, na, dann würde man einen dieser großen lustigen Kartons aussuchen... Sie müßte bloß den Kopf durch das Loch stecken, und man sähe von ihr nur das Gesicht.

Sie weigerte sich noch immer. Alles was recht ist,

dachte sie, nicht auch noch zu dritt auf einem Foto. Sie war traurig und fand auch den ganzen Platz traurig – die Buden, die Lichter, einfach alles. Sie war ein wenig erleichtert, als man beschloß, nach Hause zu gehen.

Unterwegs traf Gilles einen Freund und zeigte ihm stolz die Blumen: »Ich hab sie gewonnen! Eine nach der anderen!«

Victorine ging neben ihm; sie trug nicht mehr ihren großen Hut mit Tüll, sondern ein Hütchen aus drei schwarzen Satindreiecken, wie ein Barett mit einer großen Bommel in der Mitte, das keck auf ihrem leicht gekräuselten Haar saß. In ihrem engen Mantel, durch den sich ihr hübscher kleiner Hintern abzeichnete, stelzte sie munter auf ihren hohen Absätzen einher.

Sie zog Gilles' Hand, die die künstlichen Blumen hielt, zu sich hin und sagte: »Zeig mal, ich möchte probieren, wie es aussieht.« Sie hielt die Hand mit den Blumen einen Moment an das Revers ihres Mantels. Elisa ging ein Stück hinter ihnen, mit weit vorgewölbtem Bauch, an jeder Hand ein Kind hinter sich herziehend.

Seit einigen Tagen war es nicht mehr so kalt. Die beleuchtete Straße wimmelte von Menschen. Die Leute waren gut gelaunt, zwar gab es nur vier oder fünf Buden, doch das genügte, um den Eindruck eines Rummelplatzes zu vermitteln. Alle wollten sich amüsieren. Man kaufte etwas mehr Aufschnitt und ging noch einmal beim Bäcker vorbei, um einen Obstkuchen mitzunehmen. Man setzte sich in die Cafés, wo Orchestrions erklangen und ein wenig getanzt wurde. Man scherzte miteinander und stibitzte seinem Nachbarn einen zuckerbestäubten Krapfen oder eine lange goldgelbe Fritte aus der Tüte. Wer sich in der Nähe der Buden aufhielt, hatte den Eindruck, daß die Leute, die sich vom Platz entfernten, das Fest verließen; doch es bewegte sich langsam mit ihnen die Straße entlang.

Als sie am Gartenzaun angekommen waren, sagte Gilles: »Sollen wir nicht einfach weitergehen? Wir könnten doch dort hinten noch etwas trinken. Es ist noch nicht spät.«

Elisa wäre lieber ins Haus gegangen, außerdem war es höchste Zeit, die Kinder ins Bett zu bringen; dennoch stimmte sie gleich zu. Auch hier wurde getanzt. Sie setzte sich zwischen die beiden Kinder auf die hinterste Bank. Gilles und Victorine saßen Elisa gegenüber.

Seit einiger Zeit wurde Elisa vom Bier in den Lokalen übel, denn es war bitterer als das Bier, das es zu Hause gab. Doch das war nicht weiter verwunderlich. Und wenn man weiß, wovon einem übel ist, muß man kein großes Aufhebens davon machen, sondern trinkt einfach aus.

Gilles und Victorine standen auf, um zu tanzen. Elisa entging keine ihrer Bewegungen: Sie drehten sich vor ihr wie die anderen, aber unter all diesen großen, kräftigen Männern auf der Tanzfläche war Gilles wieder einmal der schönste.

Am Nebentisch saß ein Arbeitskollege aus Gilles' Fabrik: »Na, Elisa, was macht die Gesundheit?« fragte er.

»Es geht. Und Sie, irgend etwas Neues?«

»Ach, wir haben uns entschlossen, ins Ausland zu gehen... Für Gilles wäre das auch etwas gewesen, ein guter Arbeiter wie er, schade drum...«

Ja, er war unter den ersten gewesen, denen man es angeboten hatte.

Elisa erinnerte sich daran. Eines Tages war er mit dieser Neuigkeit von der Arbeit nach Hause gekommen: es gab da eine Fabrik, die schlecht lief – weit, sehr weit weg, Elisa wußte nicht genau, wo sie war, jedenfalls jenseits der französischen Grenze, in Italien drüben. Sie brauchten Metallarbeiter von hier, die Besten waren gefragt. Es gab eine Vereinbarung zwischen der Fabrik hier und der dort: man schloß einen Vertrag für ein paar Jahre, kehrte dann um einiges reicher zurück und bekam außerdem hier seine Stelle wieder.

Je mehr Gilles ihr davon erzählte, desto größer wurde Elisas Begeisterung. Für die Arbeiter wurde eigens eine kleine Stadt gebaut. Sie erhielten hübsche, sehr helle kleine Häuser. Sie würden dort keine Miete zahlen, und jeder hatte sein Gärtchen für sich... Außerdem war das Klima gut! Immer Sonne, winters wie sommers. Und Obst – die Trauben kosteten einen Franc das Kilo. Und überall gab es Blumen.

»Wachsen dort vielleicht Mimosen bis zum Boden?« hatte Elisa gefragt. »Na ja, vielleicht. Kann gut sein.« Natürlich mußte man hart arbeiten, und einige sagten, daß bei dieser Hitze... »Aber die Arbeit hat noch keinen umgebracht«, bekräftigte Gilles. »Auch in der Sonne nicht!« fügte er lachend hinzu. »Und außerdem«, er stemmte die Handballen in die Achselhöhlen und trommelte mit den Fingern auf seinen Brustkorb, »wir als Arbeiter aus dem Norden müssen dort unten natürlich auch zeigen, was wir können!« Sie sprachen noch lange darüber, malten sich aus, was sie Neues sehen würden, was sie tun wollten. Sie jubelten. Elisa hatte ihre Hände auf Gilles' Schultern gelegt und einige Walzerschritte mit ihm getanzt, zwei oder drei Freudenrunden, bei denen sie gegen die Möbel stießen, denn die Küche war klein. Außer Atem, ein wenig ruhiger, hatten sie sich wieder an den Küchentisch gesetzt, jeder auf eine Seite, und ihrer Phantasie freien Lauf gelassen, ohne ein Wort zu sprechen. Plötzlich hatte Gilles gesagt: »Und die Tauben? Ich könnte ja vielleicht die älteste von ihnen mitnehmen, die rote.«

»Aber sie kann doch überhaupt nicht mehr fliegen! Sie wird nie mehr einen Preis gewinnen!«

»Aber sie ist meine Lieblingstaube«, hatte er leise geantwortet und sich am Kinn gekratzt.

Am Morgen mußten sie sich beeilen und hatten keine Zeit mehr, über irgend etwas zu reden. Als Gilles gegangen war, hatte Elisa ein merkwürdiges Gefühl; es war wie die Erinnerung an einen seltsamen Traum, der keinen Bezug zur Wirklichkeit hatte. Sie betrachtete die Möbel, die Fliesen, den Garten. Der Rauch kam in großen gelblichen Wirbeln aus den Hochöfen, schwebte eine Weile über ihnen, um sich dann matt und fast unsichtbar über die Umgebung zu verteilen und die Luft mit gräulichen Schleiern und unangenehmen Gerüchen zu verunreinigen; die Bäume wuchsen schlecht: diesen Sommer hatte einer der Pflaumenbäume keine Blätter mehr getrieben, und nun streckte er in der hintersten Ecke des Gartens seine großen schwarzen Äste von sich. Er war vergiftet. Eine glanzlose Sonne verklärte sanft die grauen, gelben und violetten Töne der unwirtlichen Erde. Elisa betrachtete ihr Haus, ihren Garten, ihre Sonne, und Tränen stiegen ihr in die Augen, doch sie wagten sich nicht über den Rand der Wimpern hinaus.

Gilles kam nach Hause und sagte kein Wort. Elisa fragte ihn schließlich: »Hast du eine Antwort gegeben für... Wie heißt es noch? Na, du weißt schon, fürs Ausland?«

»Nein, das kann man nicht einfach so entscheiden. Ich habe gesagt, ich müßte noch überlegen. Denn schließlich...« Er fuhr sich mit der Hand über das Gesicht, kraulte sich im Haar. »Und du, hast du noch mal über alles nachgedacht?«

Dann hatte er ihr direkt ins Gesicht gesehen, und seine klaren Augen verrieten ihr, daß sein Entschluß feststand. Sie hatte sofort begriffen, war auf ihn zugestürzt, zitternd vor Freude: »Gilles, du hast auch keine Lust wegzugehen! Wir gehen hier nicht fort! Nicht wahr? Wir bleiben da!«

Dann waren sie zu dem großen, offenen Fenster gegangen, durch das die vergiftete Luft ins Zimmer strömte, und dort einen Moment lang Schulter an Schulter stehengeblieben: beide ließen ihren Blick weit über das Land schweifen, das sie beinahe verloren hätten.

Ja, Elisa erinnerte sich genau. Und das hatte sie nun davon... Sie saß in diesem Café und beobachtete Gilles und Victorine, wie sie zu einer ausdruckslosen, mechanischen Musik tanzten.

Wenn Gilles jetzt noch einmal das Angebot bekäme, ins Ausland zu gehen (vielleicht war das sogar schon geschehen), würde er mit ihr nicht einmal darüber sprechen. Und dabei bedeutete ihm all das, was ihn damals hier zurückgehalten hatte, im Moment herzlich wenig.

Sie trank ihr Bier in hastigen kleinen Schlucken, um es schneller hinter sich zu haben; zerstreut antwortete sie dem Mann, der sich um eine Unterhaltung mit ihr bemühte, und ließ dabei die Tanzenden keine Sekunde aus den Augen.

Sie kamen zurück an den Tisch, um sich einen Moment auszuruhen. Victorine war ein wenig erhitzt. Zwei kleine feuchte Kreise zeichneten sich unter den Armen auf der blaßblauen Seide ihres Kleides ab, der Stoff war an der Schulter, an der Stelle, an der Gilles' Hand gelegen hatte, leicht zerknittert; ihr Gesicht war gerötet, das Haar etwas gelöst: es stand ihr gut, sie sah hübsch aus.

Der Kollege, der eigentlich gehen wollte, war mit seinem Stuhl an ihren Tisch gerückt, und man unterhielt sich beiläufig.

Als die Musik wieder anfing zu spielen, wollte Gilles sich erheben, um zu tanzen. Da trat einer der anwesenden jungen Männer auf das Mädchen zu und sagte mit eigenartigem Lächeln: »Jetzt bin ich dran, Victorine.«

Sie stand auf. Gilles schien verärgert, er drehte seinen Stuhl ein wenig und setzte sich schräg an den Tisch, um die beiden besser zu sehen.

Ihre Körper berührten sich beim Tanzen von den Schultern bis zu den Knien, sie bewegten sich recht lasziv, und wenn der Mann etwas zu ihr sagte, streifte sein Kinn ihre Wange. Sie waren die einzigen, die so tanzten, das war hier wirklich nicht üblich.

Elisa bemerkte es sofort, obwohl sie nicht mehr das

tanzende Paar beobachtete, sondern Gilles. Er saß da wie vernichtet, die Augen schwer von einem wirren Schmerz, seine Freude war ihm plötzlich verdorben. Ihr entging nicht die kleinste Veränderung in seinem Gesicht: jetzt begann sein Mund ein wenig zu zucken, sein Kiefer verkrampfte sich vor Erregung. Er liebt sie, dachte sie. Wie sehr muß er sie lieben!

Sie fürchtete, seine Unzufriedenheit könnte sich in Wut verwandeln. Um ihn zu zerstreuen, sprach sie mit ihm: er antwortete ihr einsilbig, ohne ihr sein Gesicht zuzuwenden. Gleich würde er seinem Ärger Luft machen... Was konnte sie bloß tun? Mein Gott, ja... Er würde seinem Ärger Luft machen... Und es geschah genau in dem Moment, in dem sie es erwartete. Ihr unwillkürliches Auffahren war wie eine Geste, die man mitten in der Ausführung abbricht, nach außen hin noch kaum wahrnehmbar, doch sie traf haargenau mit Gilles' abruptem Aufstehen zusammen. Victorine tanzte gerade zum fünftenmal an ihm vorbei, und er fuhr sie mit bissiger Stimme an, so daß alle es hören konnten: »Kannst du nicht anständig tanzen?«

Victorine hatte keine Zeit zu antworten, bevor ihr Tanzpartner schlagfertig entgegnete: »Was soll denn das, verteidigst du die Ehre der Familie? Kümmere dich doch um deine eigenen Angelegenheiten!«

Er hatte es halb ärgerlich, halb im Spaß gesagt, da er nicht wußte, wie er Gilles' Bemerkung interpretieren sollte, und wollte gerade weitertanzen, Victorine immer noch im Arm. Aber Gilles stürzte nach vorn, riß das Mädchen grob von ihm weg und schlug den Mann ins Gesicht: »Ich werde dir das Maul schon stopfen!«

Er bekam den Schlag zurück, doch die beiden Männer wurden, wie es sich gehört, gleich getrennt und zur Ruhe ermahnt. Da schlug Gilles mit Händen und Füßen um sich und brüllte, dies ginge niemanden etwas an, es sei eine Sache zwischen ihm und diesem Flegel.

Elisa saß leichenblaß zwischen den beiden kleinen Mädchen, um die sie schützend die Arme gelegt hatte, so als wollte sie verhindern, daß sie Angst bekamen. Dann stand sie auf und schob den Tisch ein wenig zur Seite, um vorbeizukommen.

»Gilles, ich flehe dich an, komm, setz dich hin.«

Er sah sie an wie ein Betrunkener, so als fragte er sich, was sie hier verloren hatte, doch es dauerte nur einige Sekunden, und er folgte ihr gehorsam zum Tisch.

Alle setzten sich wieder auf ihre Plätze; der Wirt des Cafés war gekommen und klopfte Gilles freundschaftlich auf die Schulter: »Geht's wieder, altes Haus? Was war denn bloß mit dir los? Du willst doch nicht etwa der Jugend ihren Spaß verderben! Arme Victorine, ich werde mal mit ihr tanzen, he, alter Knabe?«

Aber Gilles hörte ihm überhaupt nicht zu; er wirkte zerknirscht – Victorines Hand lag auf dem Tisch, und er sah sie mit feuchten Augen an.

Jetzt verliert er wirklich den Kopf, dachte Elisa, doch laut sagte sie: »Nein, wir gehen nach Hause, das wird das beste sein. Bezahle bitte, Gilles.«

Draußen machte Gilles Victorine mit klagender Stimme Vorwürfe.

»Niemand anders hat so getanzt... Niemand!«

»Aber ich frage mich wirklich, was so schlimm daran sein soll!«

Gilles' Stimme klang nervöser: »Du willst es einfach nicht verstehen... Man muß dir immer...«

Ein Streit, wie er für Verliebte typisch ist. Elisa fühlte sich überflüssig.

Sie waren vor ihrem Haus angekommen. Elisa stieß das Gartentor auf und ging einige Stufen hinunter.

»Es ist besser, ich bringe sie noch nach Hause«, rief Gilles und ging auch schon mit Victorine davon.

Damit hatte sie nicht gerechnet. Sie hatte erwartet, daß die beiden ihr folgen würden. Ihre Stimme versagte, doch dann faßte sie sich und stieg die Stufen wieder hinauf.

Die Kinder zerrten an ihren Armen: »Ma-man... nach Hause.«

»Ja... nach Hause.«

Sie stand vor der halbgeöffneten Gartentür, mit diesem Gewicht an beiden Händen, fest aufeinandergepreßten Lippen, die Augen forschend auf das undurchdringliche Dunkel der Straße gerichtet, in dem niemand mehr zu erkennen war. »Ein Streit zwischen Verliebten... Man weiß ja, wie so etwas endet...«

Die Kinder schlafen, alles ist in Ordnung, doch Gilles ist immer noch nicht zu Hause. Elisa sitzt in der Küche und wartet; ihre Knie sind weit gespreizt, um dem vorgewölbten Bauch Platz zu lassen. Der Stoff ihres Rokkes bildet eine tiefe Kuhle über ihrem Schoß, in der ihre ohnmächtigen Hände liegen.

»Ach, wir haben uns entschlossen, ins Ausland zu gehen... Für Gilles wäre das auch etwas gewesen.« Aber jetzt ist es zu spät. Jetzt sitzt sie hier in der Küche und wartet auf ihn. Man müßte weit fort und gleichzeitig hier sein können...

Hätte es doch in ihrer Macht gelegen, den Gang der Dinge zu beeinflussen! Könnte man sich doch einen neuen Platz auf der Erde suchen, fern von dem dunklen Ort, in dem Victorine lebte, und in ein sonnendurchflutetes Land gehen – andere Menschen kennenlernen, andere Kontinente... andere Erlebnisse... andere Welten... Rote oder sumpfige Gegenden, goldgelbe, kärgliche oder schneebedeckte Felder. Sanfte grüne Hügel, abweisende, blau schimmernde Berge. Urwälder wie die aus Geographiebüchern, Unterholz, in dem man sonntags Maiglöckchen pflückt. Obstgärten mit Apfelbäumen und Olivenhaine. Stattliche blonde Arbeiter, schweigsam wie Gilles, und feingliedrige dunkle Männer voller Energie... Hier Victorine und anderswo andere junge Mädchen, blonde oder dunkelhaarige, Berthe, Edmée oder Marie... Von einer Welt in die andere zu gehen... Ist das die Welt? Ist sie nicht vielmehr etwas ganz Kleines, Unsichtbares, tief in unserem Inneren Verborgenes, das wir immer mit uns tragen. Man müßte weit fort und gleichzeitig hier sein können, nicht wahr, Elisa?

Vielleicht denkt sie nicht in diesen Begriffen, und dennoch drücken ihre langen, tiefen Seufzer, ihre schwere Unbeweglichkeit, ihre matten Augen, die auf eine der Messingkugeln am Herd gerichtet sind, genau dies aus. Jeder von uns hat seine eigene Art zu denken.

Acht

In diesem Jahr ist Ende Januar so mildes Wetter, daß man meinen könnte, der Winter sei schon vorüber. Doch der Februar endet mit bitterer, trockener Kälte, ohne Schnee oder Regen. Die Erde im Garten ist so hart gefroren, daß sie unter Elisas Schritten knackt und in der Nähe der eisigen Pfütze bei der Mauer, unterhalb des tropfenden Wasserhahns, Risse bekommt. Dann folgen schwere Regenfälle, die fast ohne Unterbrechung mehrere Tage lang anhalten.

Und plötzlich kommt zwischendurch die Sonne heraus, unterbricht den Regen mit ihren großen, nassen Lichtstrahlen. Es ist wirklich ein merkwürdiges Wetter, man weiß nicht, woran man ist... Wenn die Sonne sich sacht über dem Garten entfaltet wie ein Fächer, steigen aus der nassen Erde schwere Frühlingsschwaden. Doch bald sammeln sich die Wolken wieder, die Sonnengarbe schließt sich, ja es ist kalt... Es ist immer noch Winter. Und eine Viertelstunde später ist wieder Frühling. Diese Verheißungen von Freude und Liebe, die aus der Erde emporsteigen, sind für Elisa eine einzige Qual.

Es gibt diese lange Folge von Tagen, an denen sie

Gilles' Rückkehr ängstlich erwartet, Tage, an denen sie auf eine winzige Zärtlichkeit von ihm hofft, Tage, an denen sie erfährt, daß er an einem Ort, wohin er angeblich gegangen ist, nicht gesehen wurde.

Und es gibt diese Nächte, die sich gleichen, in denen Elisa neben dem schlafenden Gilles gepeinigt wach liegt. Ihre Hände bewegen sich auf ihn zu, berühren ihn sacht, nähern sich vorsichtig seinem Gesicht, um ihn nicht zu wecken: wie eine Katze auf Mäusejagd spürt sie an seinem Körper diesen fremden Geruch auf. Und dann der Tag, an dem sie aus dem Schlafzimmer herunterkommt und ihre Schatten auf dem Küchenfußboden jäh auseinanderfahren sieht.

Und der Sonntag, an dem Gilles vorausgeht, um an einer Versammlung seiner Arbeitskollegen aus der Fabrik teilzunehmen. Sie sollten sich anschließend bei den Eltern treffen: als sie ankommt, ist er schon da, die Eltern sind ausgegangen, Victorines Kleid ist merkwürdig zerknittert, auf Gilles' Gesicht liegt dieser sonderbare Ausdruck, den Elisa so gut kennt und der sie jetzt zum erstenmal mit leisem Ekel erfüllt.

Und dieser andere Tag, an dem er mit einem kleinen blauen Fleck an der Lippe nach Hause kommt. In Elisas Herzen verschwinden seine Spuren viel langsamer als auf Gilles' Lippe.

Manchmal fragt sie sich, ob sie nicht offen mit Gilles oder Victorine reden, ohne Rücksicht einschreiten sollte. Aber sie kennt Gilles und fühlt, daß er gefangen ist und fähig wäre, sie zu verlassen, um mit Victorine zusammenzuleben. Zwar ist jetzt ihr ganzes Leben bedroht und hängt an einem seidenen Faden, doch einen irreparablen Bruch hat es noch nicht gegeben. Gilles lebt noch immer mit ihr zusammen, er schläft neben ihr, sie küßt ihn, wenn er von der Arbeit kommt, kocht sein Essen, spricht mit ihm. Er ist da, er gehört noch zu ihr. Da das Drama noch geheim ist, hat sie die Möglichkeit, alles neu aufzubauen... Ach! Diese Hoffnung, die ihr hilft zu überleben, einsam zu kämpfen, ohne schwach zu werden! Dieser Glaube an *ihre* Liebe, der sie stets wie eine Woge trägt, wenn sie Gilles die Stufen der Betontreppe hinuntergehen hört.

Sie wird jetzt immer schwerer; wenn sie den ganzen Tag im Haushalt gearbeitet hat, haben ihre geschwollenen Beine abends keine Kraft mehr zum Gehen. Die schweren Glieder, der erschöpfte, unförmige Körper behindern sie in der Aufgabe, die sie sich vorgenommen hat. Sie schämt sich dieser Schwäche – doch bald wird sie wieder flink, schlank und hübsch sein... Ihre Niederkunft erscheint ihr wie eine neue Hoffnung, die sie geduldig erwartet, in sich zurückgezogen, ein wenig schläfrig, ihren unbeweglich gewordenen Leib und den ständigen Schmerz mit sich herumschleppend.

Schließlich kam sie nieder. Die Geburt dauerte lange und war schwer. Aber Schmerzen zu haben, einen Schmerz auszuhalten, der einem die Beine auseinandertreibt, so als wollte der Körper entzweireißen, das ist für eine Frau wie Elisa nicht schlimm, man weiß ja, daß dieses Leiden nur einige Stunden dauert: es beginnt, ebbt ab, kehrt wieder, steigert sich und verschwindet endgültig.

Doch einige Zeit später, als sie mit befreitem Leib in ihrem Bett liegt, das Gesicht noch etwas blasser als sonst und in ihren Armen ein neugeborenes Kind, da beginnt die eigentliche Tortur: Victorine kommt jeden Abend, um den Haushalt zu machen und für Gilles das Abendessen zu kochen. Sie sitzen beide unten in der Küche. Elisa hört sie sprechen, Gegenstände hin und her schieben, Victorine stellt die Teller weg...

Jetzt hört Elisa nichts mehr. Sie hebt leicht den Kopf und rührt sich nicht mehr, angespannt und voller Unruhe... Ihr Herz pocht so laut, daß seine Schläge in ihren Schläfen die Stille stören... Endlich hört sie wieder Geräusche... Sie läßt den Kopf ins Kissen sinken; ihre Stirn und ihre Hände sind schweißnaß, sie keucht noch ein oder zwei Herzschläge lang, bis sie sich schließlich beruhigt hat und wieder auf die Stimmen und Schritte lauscht. Nach einer Weile wird es erneut still – lange, unendlich lange... Die Sekunden reihen sich in Elisas Herz aneinander... Was bedeutet diese Stille, die nicht enden will? Wieder ist ihr Körper schweißbedeckt, so als wäre er plötzlich im Fieber. Vorsichtig zieht sie den Arm, mit dem sie das Baby festhält, heraus und krallt sich mit ihren feuchten Händen nervös in ihre Bettdecke. »Gilles!« hat sie gerufen. Der Schrei hatte sich ohne ihr Zutun aus ihrem angsterfüllten Herzen gelöst.

Er kommt die Treppe herauf.

»Was willst du, Elisa?«

»Bring mir ein wenig Wasser – mir ist so heiß.«

Sie beobachtet ihn: sein Gesicht ist normal, er kaut noch sein Essen, als er ins Zimmer kommt... Sie haben gegessen... Sie haben schweigend gegessen, mehr war nicht.

Sie trinkt und streckt sich dann völlig erschöpft wieder flach in ihrem Bett aus; dann schließt sie die Augen, öffnet sie wieder und blickt ihn an: »Geh doch hinunter und iß weiter«, sagt sie fast unhörbar mit ihrer sanften, kraftlosen Stimme. Am Morgen kommt Elisas Mutter, um den Haushalt zu führen. Sie kommt im Laufe des Vormittags öfter zu ihr herauf: »Brauchst du irgend etwas, mein Mädchen?«

»Nein, Mutter.«

Elisa sieht ihr zu, wie sie sich im Zimmer zu schaffen macht, aufräumt, Laken zusammenfaltet, das Baby wickelt. Sie spricht nicht viel: man muß auch nichts sagen, wenn man durch seine kleinen, von vielen Fältchen umgebenen glücklichen Augen seine Freude zeigt, wieder ein Enkelkind zu haben und seinen Kindern behilflich sein zu können.

Ihre Mutter ist die einzige Frau auf der Welt, der Elisa sich anvertrauen, bei der sie Unterstützung und Trost suchen könnte... Und auch diese Hilfe ist ihr verwehrt... Wie sie in jener Nacht, in der sie die Entdeckung machte, begriff, daß ihr von Gilles' Seite keine Hilfe zuteil werden würde, so begreift sie jetzt, daß es unmöglich ist, sich Victorines Mutter anzuvertrauen.

»Ach, das Stärkepulver für den Kleinen ist alle – ich werde Victorine bitten, heute abend welches mitzubringen, und ich gebe ihr auch noch ein paar Orangen für dich mit.«

»Ja, Mutter, das ist sehr lieb.«

Und die alte Frau, die Elisa ansieht, kann auf dem Gesicht ihrer Tochter das breite Lächeln einer glücklichen jungen Mutter sehen.

Neun

Unter normalen Umständen hätte sich Elisa noch einige Tage ausgeruht, doch warum sollte sie ihre Zeit im Bett verschwenden, wenn sie schon aufsein konnte. An diesem Nachmittag fühlte sie sich recht kräftig. Gilles schlief im Nebenzimmer auf dem Bett der Kinder: diese Woche hatte er Nachtschicht. Ihre Mutter war längst gegangen, und Victorine würde erst später kommen, niemand würde Elisa daran hindern aufzustehen. Heute würde sie einmal Gilles' Abendessen kochen. Leise schlüpfte sie aus dem Bett, zog sich ein Kleidungsstück über, blieb aber noch barfuß, aus Angst, das Geräusch ihrer Schritte könnte Gilles aufwecken.

Sie nahm den Säugling aus der Wiege und legte ihn auf das Bett. Der Weidenkorb war leicht, sie trug ihn in die Küche hinunter, stellte ihn auf zwei zusammengerückte Stühle und ging noch einmal nach oben, um das Kind zu holen. Diesmal überkam sie ein leichtes Schwächegefühl, als sie treppab den Fuß auf die oberste Stufe setzte: es lag bestimmt an dem Gewicht des Babys, das sie trug. Vorsichtig stützte sie sich beim Gehen mit ihrer freien Hand an der Wand ab.

Bald würde sie sich endlich wieder selbst um alles kümmern können. Lange genug hatten fremde Hände ihren Haushalt besorgt... Sie schob einen Stuhl an die Wand, an seinen gewohnten Platz, verrückte den Tisch ein wenig, damit er genau in der Mitte der Küche stand, und öffnete die Tür, die ins Nebenzimmer führte. Sie betrachtete einen Moment die glänzenden Holzmöbel, die Babyfläschchen, den orangeroten Lampenschirm aus Seide. Dieses Zimmer wurde nur selten betreten, aber Elisa hielt es hingebungsvoll in Ordnung. Jede Woche polierte sie die Möbel, putzte die Fenster, bohnerte das Parkett. Sie fand es sehr angenehm, noch ein Zimmer zu haben, eines, das etwas vornehmer eingerichtet und immer ordentlich war. Wenn überraschend ein Bekannter vorbeischaute, konnte man bedenkenlos sagen: »Kommen Sie doch ins vordere Zimmer.« Übrigens führte rechts vom Fenster eine Tür direkt auf die Straße hinaus, so daß man das Zimmer betreten konnte, ohne durch die Küche zu gehen. Heute lag auf den Möbeln ein wenig Staub, Elisa würde sich morgen darum kümmern... Sie schloß die Tür wieder und setzte sich für einen Moment neben die Wiege; nach dieser ersten Anstrengung war sie etwas erschöpft. Sie mußte sich allmählich wieder an die Arbeit gewöhnen und zuerst Pause machen, sich zwischendurch immer wieder hinsetzen... Aber gleich würde sie sich wieder stark genug fühlen. Sie betrachtete das Kind. »Kleiner Gilles, kleiner Gilles«, sagte Gilles, wenn er sich über das Baby beugte. Elisa wurde es warm ums Herz, als sie daran dachte: er hatte also nicht aufgehört, die Mädchen zu lieben, und er lächelte den Kleinen zärtlich an. Das war ein gutes Zeichen, es war immer noch Güte in ihm, nichts war verloren...

»Kleiner Gilles«, sagte auch sie zu dem schlafenden Kind, und sie erhob sich, um das Abendessen zuzubereiten.

»Was, du bist auf?« rief Victorine beim Hereinkommen. »Na, wenn ich das gewußt hätte...«

»Ich fühle mich schon kräftig genug... Man kann nicht immer im Bett herumliegen.«

Victorine brachte die Zwillinge nach Hause, die seit einigen Tagen in den Kindergarten gingen.

»Morgen«, sagte Elisa zu ihnen, »kommt ihr zusammen mit den anderen aus dem Kindergarten nach Hause, dann ist es noch hell. Victorine muß sich keine Umstände mehr machen... Jetzt geht es mir wieder besser.«

»Dann soll ich heute nicht kochen?« fragte Victorine.

»Nein, ich habe die Suppe schon auf den Herd gestellt. Weißt du, wenn du zu Hause noch etwas zu tun hast, kannst du ruhig gehen.«

Aber sie habe keine Eile, sagte sie, sie werde trotzdem ein wenig hierbleiben... Die aufgesetzte Tasche an ihrem Kleid sei abgerissen, sie werde die Gelegenheit nutzen, sie wieder anzunähen. Sie bat um Nadel und Faden.

»Das muß man doch mit der Maschine nähen«, sagte Elisa, »erstens geht es schneller, und zweitens hält es besser. Ich mach's dir.«

»Aber das strengt dich zu sehr an.«

»Ach, Unsinn! Gib her.«

Victorine zog ihr Kleid aus und sagte zu den Kindern, während sie in ihrem Unterrock aus blaßblauer Kunstseide herumtänzelte: »Spielen wir Figurenraten?«

Sie drehte zwei, drei Pirouetten, hielt plötzlich an und blieb ein paar Sekunden in einer komischen Pose stehen.

Elisa sah die nackten Schultern ihrer Schwester, die festen, runden Brüste, deren rosige Spitzen durch den breiten Zierbesatz schimmerten, die langen, schlanken Schenkel, die sich unter dem Wäschestück abzeichneten. Sie senkte den Kopf und schob mit bitterem Gefühl den Stoff unter die Nadel der Nähmaschine. Mit ihr sprechen? Ihr klarmachen, daß sie im Begriff ist, ein so vollkommenes Glück zu zerstören, wie es auf der ganzen Welt nicht oft zu finden ist? Weiß sie denn nicht, daß alles von ihr abhängen könnte? »Du bist eine Frau, Victorine, eine Frau wie ich, und als dieser Mann dich begehrte, hättest du zwischen einer Vielzahl von Verhaltensweisen die Wahl gehabt.«

Warum hätte sie sie darauf ansprechen sollen? Victorine würde doch nur diese schnippische Miene aufsetzen und sagen: »Ich? Aber was hab ich denn getan?«

Denn Victorine gehört zu denen, die sich der Tragweite ihrer Handlungen nicht bewußt sind. Sie spaziert in ihrer Verantwortungslosigkeit unbekümmert durchs Leben. Irgendwann einmal, vielleicht weil Gilles gerade da war, vielleicht weil die Hitze in ihr hochstieg, bekam sie Lust auf diesen Mann, und sie hat ihn sich genommen. Was ist schon dabei? Für Victorine ist weiter nichts dabei, das ist schon alles. Hinterher versucht man zu verstehen, welcher Sinn dahintersteckt, welchen Sinn das Leben hat. Das Leben läßt Victorine völlig unberührt, nie wird es in ihrem Lächeln Spuren hinterlassen oder in ihren Augen, die lange jung, rein und unschuldig bleiben werden. Verbrecher aus Gedankenlosigkeit sind die gefährlichsten Kriminellen.

Einem solchen Menschen gegenüber fühlt Elisa sich merkwürdig hilflos: womit könnte sie Victorine aufrütteln?

Es fehlt dem Mädchen nicht an Intelligenz: Elisa erinnert sich, daß sie in ihrer Schulklasse immer unter den Besten war (welches andere Kriterium könnte ihr einfallen?). Victorine hat Sinn für Gerechtigkeit: es gibt arme Leute, es gibt reiche Leute, und sie findet das ungerecht. Ein solcher Sinn für Gerechtigkeit fehlt Elisa übrigens vollkommen. Wenn Gilles ihr von den Forderungen seiner Gewerkschaftskameraden erzählt, fragt sie: »Warum fordert ihr das?«

»Weil es gerecht ist«, antwortet Gilles.

Dann wirft sie den Kopf ein wenig nach hinten und lacht.

»Was soll denn das bedeuten: ›gerecht‹!« sagt sie.

Aber sie spürt ganz genau, daß es in dem Fall, der sie jetzt beschäftigt, nicht um Gerechtigkeit oder Ungerechtigkeit geht. Daß Victorine ihr Gilles weggenommen hat, daß Victorine etwas Schlimmes tut, das könnte sie vielleicht noch vestehen. Doch das Ungeheuerliche, für sie Unerklärliche ist, daß das junge Mädchen dabei immer noch wie ein Unschuldsengel wirkt. Victorine fehlt etwas... eine Schwäche, Kränkung,

Verletzung, die bei all ihrer Verkommenheit zu erkennen wäre... Etwas, was zwar unterdrückt, aber dennoch vorhanden ist – etwas, was ihre Augen verraten würden, was in jeder ihrer Gesten durchscheinen würde. Plötzlich sagt sich Elisa: Ich glaube, Victorine hat kein Herz, und deshalb hinterläßt das Leben bei ihr keine Spuren...

Und vielleicht hat Elisa recht.

Was sie ihr antut, würde sie ihr verzeihen... Aber sie müßte dabei das Gesicht einer Verbrecherin haben! Doch statt dessen steht sie schlank, frisch und rein vor ihr, zeigt stolz ihr hübsches schamloses Fleisch, läßt es unschuldig in einer komischen Pose erstarren, daß die Kinder aus vollem Hals lachen.

Das Kleid liegt fertig auf dem Nähmaschinentischchen. Aber Victorine scheint es nicht eilig zu haben. Sie spielt in aller Ruhe weiter. Elisa nimmt das Kleid und wirft es Victorine barsch hin.

»Jetzt zieh dich doch endlich an!« sagt sie mit einem unheilvollen Unterton in der Stimme, denn sie selbst, sie hat ein Herz, sie weiß, daß sie fähig ist, Böses zu tun, und sie erkennt dieses Haßgefühl wieder, das auf einmal in ihr aufgestiegen ist, diese Lust, Victorine zu schlagen, vielleicht sogar, ihr den Hals zuzudrücken, dieses haltlose, dieses künstliche Leben zu ersticken. Aber sie kennt auch die Liebe, sie hat Victorine geliebt... Und auf einmal entsteht vor ihrem inneren Auge das Bild eines tolpatschigen kleinen Mädchens, das man von den Stapeln sauberer Wäsche fernhalten mußte. Sie liebt Victorine noch immer...

Sie setzt sich ein wenig abseits, die Augen dem Fenster zugewandt, durch das man in der Dunkelheit den Garten kaum erkennen kann. Am liebsten würde sie jetzt ihren Tränen freien Lauf lassen.

»Geh doch nach Hause«, sagt sie. »Du kannst mir nichts mehr helfen, und Maman braucht dich vielleicht.«

»Ich hab's überhaupt nicht eilig. Ich würde gerne warten, bis Gilles aufsteht.«

»Geh bitte nach Hause, Victorine... Maman ging's heute morgen nicht gut, du solltest ihr helfen. Ich möchte, daß du jetzt gehst.«

Ihre Stimme duldet keinen Widerspruch. Mit sonderbarem Gesichtsausdruck setzt Victorine langsam ihren Hut auf und zieht den Mantel an. Sie zögert noch, kann sich nicht entschließen, auf Wiedersehen zu sagen.

»Maman wird sich Sorgen machen – ich habe ihr versprochen, daß du früh nach Hause kommst. Ich bin immer noch ein wenig schwach, also mach mich nicht nervös und geh jetzt bitte.«

»Na gut... Von mir aus.«

Sie verabschiedet sich mit einem Schulterzucken.

»Was wäre denn dabei, wenn ich eine halbe Stunde später nach Hause kommen würde.«

Zehn

In der folgenden Woche ging mit Gilles eine Veränderung vor: er war nicht mehr schweigsam, sondern gereizt. Meistens kam er verspätet nach Hause, streifte mit den Lippen kaum spürbar Elisas Stirn, die ihn bewegungsunfähig und von Liebe erfüllt erwartete wie am ersten Tag. Er stellte seine blaue emaillierte Wasserflasche auf den Fenstersims und sagte: »Wieder ein Tag geschafft! Was für ein Misttag...«

Er zog die Stirn in Falten, war nicht mehr der unerschütterliche, schöne, kraftvolle Arbeiter. Elisa konnte noch so liebevoll und aufmerksam sein, kein Lächeln erhellte die mürrischen Züge, kein zärtlicher Blick die matten Augen. Nach seinen Seufzern zu schließen, war er eher verärgert als unglücklich, aber vielleicht war es auch Kummer, der von Ärger überlagert wurde.

Elisa war inzwischen wieder voller Tatendrang und stürzte sich in die Arbeit. Sie las Gilles jeden Wunsch von den Augen ab. Es gelang ihr, wieder jung und fröhlich auszusehen. Sie versuchte es einmal mit sanfter, hingebungsvoller Zärtlichkeit, ein andermal mit unauffälliger, ganz zurückgenommener Liebe. Und sie sah jetzt auch hübsch aus: von der körperlichen Lethargie der letzten Wochen waren nur noch die etwas volleren, prall mit Milch gefüllten Brüste geblieben, die gut zu diesem üppigen, schönen Leib paßten. Elisa wagte es dann und wann, ihren großen, warmen Körper an Gilles Brust zu schmiegen, doch wartete sie vergeblich darauf, daß er seine Arme um sie legte.

Donnerstags gingen die Zwillinge nicht in den Kindergarten. Elisa nutzte den Nachmittag, um einige Einkäufe in der Umgebung zu machen: »Laßt den Kleinen in Ruhe schlafen«, ermahnte sie sie. »Ich bin bald wieder zurück.«

Sie nahm ihre Einkaufstasche und öffnete die Tür. Es war einer jener ersten lauen Nachmittage, die es manchmal Ende März gibt. Elisa blieb ein wenig stehen und betrachtete die Erde: es war jetzt an der Zeit, sich um den Garten zu kümmern. Früher waren sie um diese Jahreszeit zusammen in den Garten gegangen, wenn Gilles von der Arbeit nach Hause kam. In der beginnenden Dämmerung hatten sie einander die Knospen an den Bäumen gezeigt, hatten beschlossen, hier Salatsetzlinge zu pflanzen, dort Rettich zu säen und die Fortschritte des kleinen Rasens begutachtet, den sie für die Kinder angelegt hatten. »Das Stückchen Rasen«, nannte es Gilles: »Man müßte eine Handvoll Samen auf das Stückchen Rasen streuen... Es sieht etwas abgenutzt aus.«

Und dieses Jahr? Vielleicht würde Gilles ja umgraben, jäten und säen. Aber welche Bedeutung hätten für Elisa der blühende Apfelbaum oder die winzigen grünen Blättchen, die aus dem Humus herauslugten? Sie sieht sich wieder mit gesenktem Kopf auf dem

Gartenweg knien und hört sich fragen: »Was da wächst, Gilles, sind das Karotten oder Rettiche?«

»Rate mal... Und wehe, du irrst dich.«

Sie irrte sich absichtlich, damit Gilles sich über sie lustig machen konnte und sie lachend mit einem kühlen Regen aus der vollen Gießkanne besprühte. Sie lief davon, und er rannte ihr hinterher und küßte sie.

»Aber Gilles! Mitten im Garten!«

»Was ist denn schon dabei? Schließlich bist du meine Frau!«

Und dann fing er erst recht an.

Als sie sich jetzt daran erinnert, schüttelt sie langsam den Kopf und klagt: »Oh, mein Gott... Oh, mein Gott.«

Die Wochen verstreichen, ohne daß sich das geringste ändert, und dabei hatte sie mit der Geburt des Babys so viel Hoffnung verknüpft. Durch die Enttäuschung haben die Käfte der starken Elisa nachgelassen, heute erscheint ihr alles um sie herum so düster, sie fühlt sich so allein in ihrem Schmerz. Wenn sie doch nur jemand anhören würde und wüßte, was ihr Herz so bedrückt! Wenn sie doch nur von einem einzigen Menschen Trost und Rat bekommen könnte! Aber mit wem konnte sie schon darüber sprechen? Weder mit ihrer Mutter noch mit ihrer Schwester, noch mit ihrem Mann... Da erinnert sie sich an eine Tradition in der Osterzeit.

Sie geht zurück ins Haus, um ihren Hut aufzusetzen und den Kindern zu sagen, daß sie für eine Stunde weg muß.

Die Kirchentüren sind weit auf den Platz hin geöffnet. Kinder gehen in Reih und Glied hinein; die kleinen

Jungen entblößen mit ernsthafter Gebärde ihr kahlgeschorenes Haupt. Einige andere kommen heraus: sie drängeln sich um das Weihwasserbecken an der Tür, schlagen hastig das Kreuz und stolpern die Treppenstufen hinunter, glücklich, wieder an der frischen Luft zu sein. Die alten Frauen sehen immer gleich aus, ob sie in die Kirche hineingehen oder wieder herauskommen.

Elisa zögert, seltsame Scham erfaßt sie: soll sie dieses Geheimnis hier, mitten im Ort offenbaren... Diese Würde, die in ihrem Heim, im Schoße ihrer Familie entstanden ist, soll sie sie endlich entblößen, hier innerhalb dieser Mauern, wohin die Kinder jeden Sonntag kommen, zum erstenmal darüber sprechen... Soll sie ihr Herz an dem Ort erleichtern, wo sie und Gilles geheiratet haben? Nein, sie geht doch lieber weiter und macht sich auf den Weg in die Kirche der Nachbargemeinde.

Elisa hat ihre Einkaufstasche auf die Kirchenbank gestellt und kniet mit gefalteten Händen nieder. Einige Frauen waren schon vor ihr da: sie wartet unbeweglich. Elisa weiß nicht, wie man betet, und merkt nach einigen Augenblicken, daß ihre Gedanken abschweifen. Sie hat den Faden verloren, an unzählige Kleinigkeiten gedacht, die sich in ihr Gebet eingeschlichen und seinen Fluß unterbrochen haben, bis sie es auf einmal ganz überlagert hatten, ohne daß Elisa sich dessen bewußt war. Und wenn sie ihre ganze Aufmerksamkeit zusammennimmt, beim Beten die Perlen des Rosenkranzes durch ihre Finger gleiten läßt, sich anstrengt, ihren Geist für die Wörter, die sie ausspricht, freizuhalten, dann hat sie das Gefühl, eine aufreibende Arbeit zu tun, die sie jedoch nicht befriedigt. Elisa ist nur zu einer einzigen Art der Andacht fähig: sie denkt »Gott« oder »Jesus«, und dann entfaltet sich in ihrem Geist langsam das undeutliche strahlende Bild einer großen Macht, der sie sich einige Minuten lang ohne große Gesten und ohne Worte in Liebe zuwendet.

Aber heute ist die Kirche von Lärm erfüllt und voller Menschen. Ein Mann geht mit einer Leiter vom Kreuz zum Heiligen Herzen Jesu und verhüllt die Bilder mit purpurnen Tüchern. Neben Elisa werden Stühle gerückt. In der Nähe hört sie das geflüsterte Gespräch der Gläubigen mit dem Beichtvater – sie müßte sich nur ein wenig hinüberbeugen, um die Sünden der anderen zu hören...

Elisa hat die Hände vor sich auf den Betstuhl gelegt und sieht sich in der Kirche um: die heilige Genoveva steht mit aufgelöstem langem Haar auf ihrem Sockel aus rotem Samt. Man betet zu ihr bei Halserkrankungen und Entkräftung... Die heilige Margarethe, eine sanfte Jungfrau, deren Haupt mit Geschmeiden überhäuft ist, steht den Frauen im Wochenbett bei... Der heilige Antonius, in einem Gewand aus grobem Wollstoff und mit einem doppelten Heiligenschein aus seinem Haar und dem Goldreif, hilft, Verlorenes wiederzufinden... Der heilige Rochus blickt auf seinen Hund nieder, der vor ihm liegt, hebt mit einer Hand sein Gewand ein wenig und zeigt mit dem ausgestreckten Zeigefinger der anderen auf sein entblößtes Knie, auf dem eine große Wunde aus Gips zu sehen ist. Er heilt vom Biß tollwütiger Hunde... Der heilige Christophorus mit seinem Stock und einem vorgesetzten Bein trägt ein Kind auf seiner Schulter. Man betet zu ihm um eine gute Reise...

Und an welchen der Heiligen soll sie sich in ihrem Schmerz wenden?

In der hintersten Ecke der Kirche steht auf einem schmalen Sockel ohne Blumen und Kerzen die kleine Statue eines Heiligen, dessen Namen Elisa nicht kennt: ein schmaler, jungenhafter Körper aus lackiertem Gips vor einem braunen Baum mit drei blattlosen Zweigen. Er hat seine Arme mit den verschränkten Handgelenken über den Kopf erhoben, seine Füße berühren kaum den Boden, und sein unbekleidetes Fleisch scheint so vergeistigt, daß man den Eindruck haben könnte, er schwebte in graziöser Pose von der Erde hinweg, wären da nicht die Fesseln, die seine Handgelenke und Knöchel zusammenschnüren. Sein schönes, entsagungsvolles Gesicht, seine tieftraurigen Augen zeigen, daß ihm jeder Schmerz und jede Liebe vertraut ist. Sein innerer Schmerz ist so groß, daß die dreizehn Pfeile, die seine Schultern, seine Seiten, seine Armbeugen und seine Handgelenke durchbohren, ihm fast keine Qual mehr bereiten. Er trägt sie beinahe wie einen Schmuck, sie dringen in sein Fleisch, ohne es zu beschädigen und ohne daß Blut fließt. Sie verletzen ihn nicht, sie lassen ihn nur melancholisch aussehen.

Ist es, weil dieser namenlose Schmerz dem ihren so sehr gleicht, oder ist es die Erregung ihres liebenden, darbenden Fleisches? Elisa betrachtet hingebungsvoll diesen kleinen, für sie namenlosen Märtyrer, und ihr scheint es, als weite sich die junge Brust aus rosarotem

Gips und hebe sich bebend wie die einer verletzten Taube.

Aber nun ist sie an der Reihe. Sie geht in den Beichtstuhl und kniet hinter dem grünen Vorhang nieder.

Elisa kommt zurück in die Kirchenbank, schiebt ihre Tasche, die sie dort stehengelassen hatte, ein wenig beiseite und kniet nieder. »Zur Buße bete zehnmal den Rosenkranz.« Zur Buße...? Nun gut, sie wird später darüber nachdenken. Aber schon schieben sich andere Wörter dazwischen. Die Sätze des Priesters klingen in ihrem Geist nach und scheinen alle nicht zu passen. »Gegen die Prüfungen, die Gott uns schickt, dürfen wir nicht aufbegehren... Gottes Ratschluß... Deine Seele... Und wenn du jetzt leidest, so wirst du später...«

Als hätte sie auch nur daran gedacht aufzubegehren... Und was bedeuteten ihr schon ihr Seelenheil und die glorreiche Aussicht auf ein zukünftiges Leben! Was sie brauchte, war eine Hilfe, um ihr irdisches Leben wiederherzustellen... Jemand, der sie beruhigte und ihr versicherte, sie habe bisher richtig gehandelt und solle sich auch weiterhin so verhalten... Jemand, der ihr riet, wie sie Gilles zurückgewinnen konnte, um endlich ihr Leben neu aufzubauen.

Elisa hebt erneut die Augen zu dem pfeildurchbohrten Jüngling, der allmählich im Dunkel versinkt, und ein tiefer Seufzer hebt ihren schönen, schweren Busen. Doch dieser Seufzer, der aus ihrem leidenschaftlichen Fleisch aufsteigt, aus ihrem Herzen, das so voller Liebe und voller Leben ist, hat nichts Entsagungsvolles.

Ja... Sie kann Gilles' Gleichgültigkeit weiterhin ertragen, ohne aufzubegehren, solange sie die Hoffnung hat, daß er zu ihr zurückkehrt. Aber betrügt sie sich nicht selbst, wenn sie so ausschließlich auf ihre eigene Liebe baut? Müßte sie sich nicht eigentlich anders verhalten? Das wäre wichtig für sie zu wissen, und das hat sie hier nicht erfahren. Wieder fühlt sie sich allein gelassen, ratlos.

Mechanisch verschließt sie ihren Rosenkranz in ihrem Geldbeutel, geht auf Zehenspitzen zwischen den Bankreihen hindurch und verläßt die Kirche. Wie lau die Luft draußen ist. Obwohl die Sonne jetzt tiefer steht, blitzen noch einige schwache Strahlen durch die Bäume auf dem Platz. Elisa muß zum Gemüsehändler und ins Milchgeschäft, um die Wochenrechnung zu bezahlen, und sie darf auch nicht vergessen, Zucker mitzubringen und Seife für die Wäsche... Aber zuerst setzt sie sich eine Weile auf die Bank zu Füßen der Christusfigur an der Außenwand der Kirche, nur einen Moment, um die Milde dieses Spätnachmittags in sich aufzunehmen, um vielleicht auch ein wenig darunter zu leiden, denn diese Zeit des Übergangs erfüllt die Luft mit einer verwirrenden Mischung aus Erinnerungen und Verheißungen; sie verspricht einen neuen Frühling voller Leben und läßt zugleich an jeden vergangenen Frühling denken, an den das Herz eine Erinnerung bewahrt.

Auf dem Platz sieht sie Männer, Frauen und spielende Kinder. Ein großes blondes Mädchen geht mit Büchern unter dem Arm an der Kirche vorbei und bleibt am Rand des Gehwegs neben dem Eisenpfosten einer Straßenbahnhaltestelle stehen: mit großen, unruhigen Augen mustert sie aufmerksam jeden vorbeifahrenden Wagen.

Drei merkwürdig verkleidete kleine Jungen kommen aus einer Straße gelaufen: der erste hat einen Tropenhelm auf, der zweite hält ein Schild in der Hand, der dritte trägt einen weißen Kittel und hat sich eine Trompete an einem Band umgehängt. Ist das ein Reklamezug, oder machen sich die Kinder nur einen albernen Spaß?

Eine Tür geht auf, ein Arbeiter tritt heraus und rennt quer über den Platz. Andere Männer und Frauen kommen und gehen. Und am Abend werden sich nach und nach schmachtende Liebespärchen einfinden, um sich wie Elisa auf den Platz zu setzen, auf dieselbe Bank, zu Füßen der Christusfigur, die sie gerade betrachtet.

Elisa denkt, daß sich alles, was sie jetzt wahrnimmt, unter den Augen dieses Christus abspielt. Vielleicht würde sie von ihm, der auf diese Weise das Leben sieht, besser verstanden. Bestimmt sieht er auch sie auf dieser Bank sitzen, mit all ihrer Liebe, ihrem Leid und ihrer Sehnsucht, Gefühlen, die Ausdruck dieses Lebens sind, das er ihr geschenkt hat.

Und dann beginnt sie schließlich zu beten: »Stimmt es denn, daß ich bisher richtig gehandelt habe und mich auch weiterhin so verhalten soll, daß ich nicht aufgeben und in meinem Leiden Trost suchen darf? Du weißt ja, es geschieht nicht aus Schwäche, wenn ich Gilles weiterhin liebe und diese Situation ertrage, ohne heftiger einzuschreiten, sondern es ist das einzige Mittel, ihn zu behalten und unser Leben neu aufbauen zu können. Ich muß meine Liebe weiterhin am Leben erhalten und verteidigen... Aber, o mein Gott, hilf mir wenigstens ab und zu.«

Nachdem sie diese Worte sehr leise mit kaum wahrnehmbaren Lippenbewegungen geflüstert hat, betrachtet sie noch einen Moment lang die Figur.

Auf Elisa fällt dasselbe verlöschende Licht, das auch das Haupt und die Arme aus bemaltem Holz streift; an der rechten Schläfe leuchten drei riesige Blutstropfen, denen der Bildhauer ein regelmäßiges, fast herzförmiges Aussehen gegeben hat.

Doch es ist spät geworden. Elisa muß noch zum Gemüsehändler, ins Lebensmittelgeschäft und ins Milchgeschäft. Sie steht auf und eilt davon, damit sie noch vor Gilles zu Hause ist.

Sie hätte sich nicht zu beeilen brauchen: Gilles kam mit zwei Stunden Verspätung nach Hause, und er war gut gelaunt wie seit mehreren Tagen nicht mehr. Elisa vermutete, daß er an den übrigen Tagen dieser Woche Victorine wenig gesehen hatte, weil sie ihre Zeit mit anderen verbrachte... Es lief wohl nicht so gut zwischen ihnen... Er war früh nach Hause gekommen, war gereizt gewesen und hatte ein mürrisches Gesicht gezogen. Heute hatte sie wohl Zeit für ihn gehabt und war zärtlich zu ihm gewesen, so daß er jetzt wieder von ihrer Aufrichtigkeit überzeugt war... Er war fröhlich, scherzte, spielte mit den Kindern, und im Laufe des Abends würde er sich auch ein wenig mit ihr unterhalten. So würde auch für Elisa ein kleines Stückchen der Freude abfallen, die Victorine Gilles geschenkt hatte.

Elf

Die gute Laune hielt nicht lange an, kaum zwei Tage. Gilles war wieder nervös und unzufrieden, und wenn ihn etwas ärgerte, konnte er sogar jähzornig werden.

Dann kam der Ostersonntag, den sie bei Elisas Eltern verbrachten, doch Victorine war ausgegangen.

»Sie wollte sich ein wenig mit Leuten ihres Alters amüsieren«, erklärte ihre Mutter.

Gilles Gereiztheit war auf dem Höhepunkt: er blickte auf seine Uhr, beobachtete hinter der Gardine die vorübergehenden Passanten und rannte dabei hin und her wie ein Hund an der Kette. Elisa fürchtete einen Moment, die beiden Alten könnten seine Aufregung bemerken. Aber sie waren voll und ganz mit den Kindern beschäftigt; wie hätten sie auch den Grund erraten sollen, fragte sich Elisa traurig. Die Stunde des Aufbruchs nahte, und Victorine war noch immer nicht zurück.

»Ich muß wegen der Kinder nach Hause«, sagte Elisa. »Wenn du noch ein bißchen bleiben willst...«

»Nein«, antwortete er brüsk, »ich komme mit.«

Sie gingen durch die dunklen Straßen nach Hause, Elisa mit dem Baby auf dem Arm, Gilles an ihrer Seite, und die beiden Mädchen liefen ein Stückchen voraus. Sie nahmen den Weg am Fluß entlang. Als die Mädchen zum Spaß ganz dicht am Rand des Quais balancierten, zog er sie grob am Arm fort und sagte den einzigen Satz, den er auf dem ganzen Heimweg herausbekam: »Das fehlte gerade noch, daß ihr jetzt ins Wasser fallt.«

Elisa rief die Kinder zu sich und ermahnte sie, sich an einem Zipfel ihres Mantels festzuhalten. So setzten sie schweigend ihren Weg fort, er vor sich hin starrend, sie mit einem Seitenblick auf seinen zusammengepreßten Mund, sein vor Ärger versteinertes Gesicht, und in diesem Moment empfand sie tatsächlich Mitleid für ihn.

Als sie zu Hause waren, setzte er sich wortlos an den Küchentisch und stützte den Kopf in die Hände. Elisa stillte das Baby: sie legte ein Taschentuch über ihre Brust, da die kleinen Mädchen im Zimmer waren.

Dann brachte sie die Kinder unter ständigen Ermahnungen in ihr Zimmer: »Seid still! Macht nicht solchen Krach ... Papa ist müde.«

Als sie wieder nach unten kam, hatte er sich nicht von der Stelle gerührt, jedoch seinen Kopf auf die verschränkten Arme gelegt, so daß man hätte meinen können, er sei völlig erschöpft eingeschlafen. Elisa ergriff die Gelegenheit und sagte: »Gilles! Du schläfst ja schon am Tisch ein ... Laß uns zu Bett gehen, Liebster, du siehst heute so müde aus.«

Sie goß Kaffee in eine Tasse und stellte sie neben ihn: »Hier, trink einen Schluck Kaffee. Das wird dir guttun.«

Er hatte sich nicht gerührt. Statt einer Antwort zog

er einen seiner Arme heraus und suchte Elisas Hand, um sie freundschaftlich zu drücken. Diese Geste rührte sie so sehr, daß sie nicht zu sprechen wagte, aus Angst, ihre Worte könnten sie verraten. Also schwieg sie und antwortete ihm ebenfalls mit einem Händedruck. Dann setzte sie sich neben ihn und konnte schließlich sprechen: »Vielleicht hast du eine Grippe. In dieser Jahreszeit verschätzt man sich leicht mit dem Wetter, und schon ist man krank.«

Sie war darauf gefaßt, daß er jetzt den Kopf hob. Er sagte: »Ich bin nicht krank... Mach dir um mich keine Sorgen.«

»Wenn du nicht krank bist... dann bist du zumindest erschöpft.«

Er hob die Hand, ließ sie schlaff auf den Tisch zurückfallen und sagte leise, als spräche er zu sich selbst: »Mit mir ist es aus...«

Elisa hütete sich vor allzugroßer Zärtlichkeit, sie legte lediglich ihre Hand auf Gilles' Schulter und sagte: »Aber was hast du denn? Sag's mir doch...«

Er sah in ihre ruhigen, gütigen Augen und sagte, schon halb besiegt: »Ich kann's dir nicht erklären... Wenn du wüßtest!«

Sie hätte erwidern können: »Ich weiß es« und ihm so, als Rache, zu verstehen gegeben, daß sie nicht zu den Frauen gehörte, die man hinters Licht führt. Sie hätte ihm zeigen können, wie groß ihre Liebe war und wie sehr sie schon seit Monaten litt. Aber so war diese Frau, daß sie ihm die Chance für ein Geständnis geben wollte.

»Hast du Kummer?« fragte sie mit einem sanften Lächeln.

Sie betrachtete seinen verzweifelten Augen, die sich mit Tränen füllten, diesen Schmerz, der noch zögerte, sich zu offenbaren. Dabei spürte sie genau, daß nur noch wenig fehlte, damit er sich ihr anvertraute. Und sie würde es schaffen, diesen Platz in Gilles' neuem Leben einzunehmen, selbst wenn sie sich dafür Gilles' Schwäche zunutze machen mußte.

»Weine nur... Dann geht's dir besser.«

Männer wie Gilles haben eine merkwürdige Art zu weinen: sie geben zwei oder drei trockene Hickser von sich, es kommen fast keine Tränen, doch das genügt, um in ihnen ein Bedürfnis nach Zärtlichkeit, nach Trost zu wecken... Gilles läßt den Kopf an Elisas Schulter sinken.

Und dann spricht er. Nicht etwa, um ihr alles zu erklären, sondern um sich selbst Erleichterung zu verschaffen. Er redet so ohne jede Vorsicht, so naiv drauflos, daß sie den Schlag, den er ihr versetzt, nicht hätte aushalten können, wenn sie nicht darauf vorbereitet gewesen wäre.

Er muß es auch selbst merken, denn plötzlich sieht er sie an: »Und das alles erzähle ich ausgerechnet dir...«

Ihr Gesicht wirkt ruhig, und er hält ihr leichtes Lächeln, das noch stärker geworden ist, für Wohlwollen, für eine Ermunterung, die ihm helfen soll zu sprechen. Er weiß nicht, daß dieser verklärte Blick jetzt die Freude über ihren Sieg ausdrückt. Diese Festung hat sie erobert, er hat begonnen, ein Geständnis abzulegen, er hat den Namen genannt, das Schlimmste offenbart... Er wird ihr schließlich freiwillig sein Herz zu Füßen legen.

»Nun ... So etwas kann eben passieren ... Und wenn du es nicht einmal mir erzählen könntest, mit wem solltest du sonst darüber sprechen? Und du konntest es nicht für dich behalten, es hat dich zu sehr bedrückt.«

»Ja, das stimmt ... Mit wem hätte ich sonst darüber sprechen können? Denn sie und du, ihr seid das Wichtigste für mich ...«

Sie wankte nicht, als dieser Schlag sie traf, nur ihr Lächeln wurde eine Spur trauriger: »Ich zähle also auch noch ein bißchen?«

Er antwortete in unfreiwillig kumpelhaftem Ton, so als sei dies die größte Selbstverständlichkeit: »Du? Na hör mal! Du bist schließlich meine Frau ...«

Seine Frau, was sollte denn das bedeuten? War sie diejenige, die ihm den Haushalt führte, die sich um das Essen kümmerte, der man Kinder machte?

Daß er sie wie einen Kumpel behandelt, gesteht sie sich nicht ein – doch unbewußt begibt sie sich auf seine Ebene, indem sie schamhaft ihre wahren Gefühle hinter Sätzen verbirgt, die das Drama auf eine ganz alltägliche Situation reduzieren: »Sicher, das mit uns ist eine alte, abgekühlte Sache, man lebt zusammen, man macht nur noch aus Gewohnheit Kinder ... Und was das andere angeht, kann ich ja verstehen, daß du ... Im übrigen kommen wir auch so gut miteinander aus, das siehst du schon ... Zwischen uns geht alles weiter, als wenn es diese ... diese andere Sache da gar nicht geben würde ... Es tut mir nur leid, daß du dich deswegen so grämst ... Du wirkst in letzter Zeit manchmal so unglücklich ... Ich hab's schon gemerkt, daß du dich mit etwas quälst ... Du wirst sehen, das wird irgendwann auch wieder vorbei sein... deine kleine Liebschaft...«

Er ging in die Falle, die sie ihm instinktiv gestellt hatte, und lieferte sich noch weiter aus. Jetzt blieb er nicht mehr nur bei den Tatsachen, sondern sprach auch über seine Gefühle: »Aber nein, es ist mehr als eine Liebschaft... Es ist...«

Er wollte es erklären, aber es schien ihm zu schwierig.

Er schwieg einen Moment lang, so als sähe er eine Reihe von Bildern vor seinem inneren Auge, und faßte dann mit einer weiten Geste, die seinen ganzen Körper zu umfassen schien, zusammen: »Es ist wie ein Feuer... ein gewaltiges Feuer.«

Mit noch immer nachdenklichem Gesicht spreizte er im Sitzen ein wenig die Beine, neigte den Oberkörper nach vorn, rieb sich mit kleinen Kreisbewegungen seiner Handballen die Knie.

»Oder so, als wäre man besessen«, fügte er naiv mit bedeutungsvoller Stimme hinzu.

Er verstummte und sagte dann: »Das Schlimme ist, daß sie ein komisches Mädchen ist – man weiß nie, woran man bei ihr ist.«

Er war auf den Grund seines Leids zu sprechen gekommen und erzählte, ohne daß Elisa ihm helfen mußte, worunter er litt.

Daß Victorine launisch war, daß sie weder Gilles' Kummer noch seine Vorwürfe verstand. Elisa wußte das alles bereits, aber sie beobachtete Gilles. Sie richtete ihre Aufmerksamkeit genauso auf seinen Gesichtsausdruck und seine Gesten wie auf seine Worte, die ausdrückten, wie tief sein Groll war. So konnte sie noch einmal die Intensität dieser merkwürdigen Leidenschaft ermessen und litt machtlos und stumm wie eine Mutter. Sie sagte sich immer wieder: »Es ist wie eine Krankheit... eine schlimme Krankheit, die ihn verzehrt.«

Plötzlich packte Gilles die Wut. Er stieß mit dem Fuß einen Stuhl weg und rief aus: »Sie gehört mir... Ich will, daß sie nur mir gehört... Sie gehört mir, verflucht noch mal, das hat sie am Anfang selbst gesagt.«

Elisa näherte sich ihm, zog den großen Körper zu sich heran und sagte: »Beruhige dich, Liebster, beruhige dich.«

Und sie strich ihm mit der Hand das Haar aus der Stirn und fühlte sie wie bei einem fiebernden Kind.

Er ließ es mit sich geschehen, sie verharrten in dieser Stellung. Sie spürte an ihrem Busen die Hitze seines Kopfes.

»Verstehst du«, sagte er mit zusammengebissenen Zähnen, »wenn ich sie zufällig mit einem dieser Kerle erwischen würde, wäre ich imstande, sie umzubringen...«

»Sie umzubringen, weil sie dich betrügt... und sie dir damit selbst für immer nehmen?« Sie drückte ihn noch fester an sich. »Das kannst du nur sagen, weil du sie nicht richtig liebst.«

Er befreite sich aus ihrer Umarmung: »Ich liebe sie nicht richtig? Also wirklich... Ich soll sie nicht richtig lieben! Wenn ich nur ausdrücken könnte, was ich fühle... Und sie ja übrigens auch... Ja, manchmal will sie, und manchmal will sie nicht. Und wenn sie will, also dann, dann ist es wirklich so, als ob sie mich auch liebte. Ich soll sie nicht richtig lieben? Na, dann würde ich doch wohl das alles gar nicht fühlen! Wenn sie sich mir hingibt...«

Von Eifersucht überwältigt, wollte Elisa schreien: »Aber wo denn?« Doch sie beging diesen Fehler nicht, stellte nicht die Frage, die sie seit Wochen quälte.

»Wenn ich diesen Körper besitze«, fuhr er fort, »diesen Körper...«

Da er keine Worte fand, zeichnete er mit seinen geöffneten Händen den Umriß einer menschlichen Figur nach.

Sie ergriff seine Hände und zog sie sanft nach unten: »Hör auf, Liebster... Hör auf, quäle dich nicht noch mehr.«

Aber auch wenn sie Gilles' Hände festhielt, sie etwas nervös auf ihre Knie preßte, sah sie dennoch immer noch die Geste vor sich, die sie eben gemacht hatten. Die Hände lagen hier, unter den ihren fest auf ihre Knie gepreßt, aber es war so, als hätten sie sich verdoppelt: sie sah wieder, wie sie sich in die Luft erhoben, und der Körper, den sie entwarfen, nahm Gestalt an, wurde ein Körper aus Fleisch und Blut, heiß, nackt, gehalten von Gilles' großen rauhen Händen.

Sie schloß die Augen, aber so sah sie sie nur noch deutlicher vor sich. Sie sah den zierlichen nackten Körper ihrer Schwester, die weiblichen, aber nicht zu üppigen Formen, die festen, runden Brüste, die langen, schlanken Schenkel. »Spielen wir Figurenraten«. Die Stimme war hoch und ein wenig schrill, ohne Gefühl, fast ohne Intonation: »Liebst du mich, Gilles?« Und der Körper lebte, bewegte sich, bog sich in den großen braunen Händen, die gerade eben mit einer langsamen, weit ausholenden zärtlichen Geste die Rundungen eines imaginären Leibes nachgezeichnet hatten.

Er hatte wieder angefangen zu sprechen, doch sie hörte ihm nicht mehr zu. Er versuchte, seine Hände zu befreien, die sie noch immer in den ihren hielt.

»Drück doch nicht so fest... Lisa? Du sagst ja gar nichts... Ich kann nicht mehr weiter, gib mir noch ein bißchen Kaffee, das wird mir guttun.«

Sie erhob sich und füllte seine Kaffeetasse wieder. Ihm fiel auf, wie blaß ihr Gesicht war und wie müde sie aussah.

»Nimm dir selber auch welchen... Du bist ganz blaß... Jetzt wirst du dich meinetwegen grämen... Trotzdem, es wird mir vielleicht guttun, daß ich es dir erzählt habe. Denn du, verstehst du, du bist nicht wie sie... Das ist nicht wie bei ihr. Wenn man versucht, ihr etwas zu erklären, ist sie ganz erstaunt und sagt: ›Was ist denn auf einmal mit dir los?‹«

»Ja, ich weiß, aber vielleicht wird sie sich ja noch ändern.«

»Glaubst du?«

Sie zuckte mit den Schultern. Dann setzte sie sich wieder neben ihn, wies mit der Hand auf die Kaffeetasse, die sie eben gefüllt hatte, und sagte ruhig, so als sei dies ein Abend wie jeder andere: »Trink aus... Und dann gehen wir schlafen. Es ist Zeit, daß du zur Ruhe kommst.«

Sie saß mit etwas eingesunkenem Oberkörper bei ihm, die Hände auf ihrem Rock gefaltet, ihr schönes trauriges Gesicht zu ihm erhoben, und sah ihm beim Trinken zu. Als er die leere Tasse wieder auf den Tisch zurückstellte, fiel ihm auf, daß sie jede seiner Gesten beobachtete, und er sagte: »Du bist schon eine merkwürdige Frau, Lisa... Wir sind nach Hause gekommen, ich hab mich hingesetzt, dann habe ich gesehen, daß du da bist... Und dann, ich weiß gar nicht, wie, so als sei es ganz von selbst gekommen, habe ich dir alles erzählt... Und du hättest jammern können, mir eine Szene machen, mich zum Teufel jagen... Aber nichts von alldem. Du sitzt da und siehst mich an, als wärst du meine Mutter.«

Sie lächelte sanft, ohne daß ihr Gesicht seinen melancholischen Ausdruck verlor.

»Aber ich muß dir auch sagen«, fuhr er fort, »du, die Kinder, das Haus, das bedeutet mir schon etwas – sehr viel sogar. Das könnte ich trotz allem nicht aufgeben, das habe ich mir schon oft gesagt. Und bestimmt ist es bei dir genauso. Du wirst trotz allem, was ich dir gesagt habe, immer dasein... Einfach so.«

»Natürlich«, erwiderte sie nur.

Am liebsten hätte sie jedoch geantwortet: »Du mußt nur eins wissen, ich liebe dich, für mich gibt es niemanden außer dir.«

Aber sie dachte, daß er, wenn sie ihn jetzt schon mit ihrer eigenen Liebe belästigte, sein Geständnis bereuen würde, und fuhr fort: »Du mußt mir nur immer alles sagen und darfst mir nichts verheimlichen, dann werde ich immer für dich dasein... Ich werde auf dich warten... Ich warte, bis es vorüber ist.«

»Ja, ich werde dir alles erzählen. Es tut mir gut, mit dir darüber zu sprechen.«

Er war grausam genug, sofort mit seiner Offenheit anzufangen, und fügte jetzt wieder in jähzornigem, verzweifeltem Ton hinzu: »Aber wenn du darauf warten willst, daß es vorübergeht, dann kannst du lange warten... Ich sag's dir noch mal, sie hat mich völlig in der Hand... Mit mir ist es aus.«

Es überkam ihn auf einmal wieder. Und er fing wieder an zu weinen, fast ohne Tränen, mit diesen komischen kleinen Hicksern.

Er sagte nichts mehr.

Elisa ging zur Haustür, um den Riegel vorzuschieben, machte die Nachtlampe fertig und löschte die Küchenlampe.

»Komm, laß uns jetzt nach oben gehen, du kannst dich doch nicht so hängenlassen.«

Er konnte nicht einschlafen. Sie hörte ihn alle paar Sekunden gereizt seufzen. Sie spürte, daß seine ungestillte Begierde ihn quälte. Und ihr als seiner Frau war es verboten, sich mit ihrem ganzen Körper zwischen ihn und das Bild, das ihn verfolgte, zu schieben. Sie blieb am Rand ihrer Matratzenseite liegen und durfte nichts anderes wagen, als mit den Fingerspitzen sacht über sein Gesicht, seine Schultern, seine Brust zu streicheln – eine diskrete Zärtlichkeit, bei der sie kaum den Stoff auseinanderschob, der ihr den direkten Kontakt mit diesem angebeteten Körper verwehrte. Und dabei wäre sie ihm so gern zu Hilfe gekommen!

Und plötzlich besaß sie die Kühnheit: mit namenloser zarter Hand befreite sie ihn sanft von seiner Begierde.

Zwölf

Gilles hatte ihr alles gestanden. Sie war nun in der merkwürdigen Rolle seiner Vertrauten. Aber hatte sich dadurch an ihrem Schmerz irgend etwas geändert? Ja, sie bemerkte es gleich am nächsten Morgen. In der letzten Zeit hatte beim Frühstück und bei den Vorbereitungen für den Arbeitstag eine bedrückende Stille geherrscht. Heute konnte Elisa ihm gerade in die Augen sehen und sagen: »Sieh mal, ich packe dir ein Stück vom Kuchen ein, zusätzlich zu deinen Broten.« Und er dankte ihr mit einem Lächeln. Dies hatte sie immerhin gewonnen, und es war für Elisa schon viel.

Und von nun an verlaufen auch die Abende anders.

Er kommt nach Hause, stellt wie immer seine emaillierte Wasserflasche auf das Fensterbrett, hängt seine Jacke an den Garderobenständer und kündigt Elisa schon durch ein Lächeln oder ein unzufriedenes Gesicht an, ob es ihm gut oder schlecht ergangen ist. Wenn das Abendessen vorüber ist und die Kinder im Bett liegen, erzählt er, wie der Tag verlaufen ist. Ob er Victorine gesehen hat... Was sie zu ihm gesagt hat... Was er aus ihrer Haltung schließt... Und Elisa hört mit bewundernswertem Verständnis alles an. Sie vollendet sogar seine Sätze, hilft ihm, seine Gedanken zu formulieren.

»Ja«, sagt sie, »sie hat dich freundlich angelacht, und alles sah auf einmal anders aus... So als gäbe es keine Zweifel daran, daß sie dich liebt...«

»Aber nein«, sagt sie ein andermal, »du hast keinen Beweis dafür, daß sie dich heute betrogen hat... Aber gestern hat sie sich nicht umgedreht, als du weggegangen bist, du hast mit dieser Geste gerechnet, das bedrückt dich sehr, und den ganzen Tag, während du sie nicht gesehen hast, mußtest du dir alles mögliche vorstellen, nur wegen dieser Kleinigkeit, die doch überhaupt nichts zu bedeuten hat.«

Es stimmte, daran hatte er gar nicht gedacht... Es war ja seit gestern nichts geschehen, und seine Zweifel sind erst in dem Moment aufgetaucht, als er sah, daß sie sich nicht nach ihm umwandte... Und diese Zweifel sind dann einfach größer geworden, völlig grundlos... Er ist ganz verblüfft, als er merkt, daß Elisa recht hat... Sie errät immer den Grund seiner Niedergeschlagenheit, seiner Not.

Gilles leidet wegen Victorine; Elisa leidet wegen Gilles. Und aus diesem wechselseitigen Schmerz entspringt ihre Verschworenheit.

Elisa weiß, daß er sich an den Tagen, an denen er nichts zu erzählen hat, einfach in eine Ecke setzt, den Kopf in die Hände stützt und mit verdrossener Miene stundenlang vor sich hin schweigt. Dann sagt sie: »Komm, laß uns eine Partie Karten spielen.«

Er lehnt mürrisch ab, stimmt schließlich zu. Sie setzen sich einander gegenüber an den Tisch. Es ist wieder

Sommer, sie haben die Lampe noch nicht angezündet, das Fenster ist in die hereinbrechende Nacht geöffnet. Man hört die Leute in den benachbarten Gärten sprechen und lachen. Die von der Hitze des Tages noch schwere Erde kommt langsam zur Ruhe. Bald wird alles still, es ist fast schon dunkel, und sie zünden die Lampe an. Elisa sammelt die Karten ein, mischt sie und teilt wieder aus.

»Herz ist Trumpf... Dein Stich...«

Sie spielt mit vorgetäuschter Ernsthaftigkeit wie mit einem schwierigen Kind.

Sie spielt, bis die Müdigkeit schließlich über den Mann siegt.

Eines Nachts, es war nichts als ein Zufall, ein einfaches männliches Verhalten, wachte er auf, drehte sich zu ihr um, und dann war sie für ihn wieder eine Frau. Sie war am Ende ihrer Kraft und zwang sich dazu, an die Illusion zu glauben. Sie vergaß alles. Einen Augenblick lang lebte sie in einer Welt, in der es nichts gab als Gilles und Gilles' Frau. Aber diese Schwäche würde sie teuer bezahlen müssen: sie lebte zum erstenmal ohne Bewußtsein des Dramas, wenn auch nur für einen Moment; doch als die Wirklichkeit erneut von ihr Besitz ergriff, traf es sie wieder mitten ins Herz, wie beim erstenmal.

Eines Sonntags kündigte Gilles nicht wie sonst vorher an, daß Victorine käme oder sie zu Elisas Eltern gingen. Er äußerte auch nicht den Wunsch, allein auszugehen.

»Es ist so schönes Wetter«, sagte er. »Sollen wir den Tag nicht auf dem Land verbringen?« Die Vorbereitungen waren rasch getroffen: sie stiegen auf den Speicher, um den Rucksack zu holen, packten Brote und hartgekochte Eier ein, füllten Gilles' Wasserflasche mit Kaffee. Elisas Gesten waren flink, ein bißchen zerfahren, sie gab sich noch nicht der Vorfreude auf diesen Tag hin, sondern beeilte sich, daß sie wegkamen, weit weg von zu Hause, aus Angst, Gilles könnte seine Meinung ändern und alles wieder zunichte machen.

Der Zug brachte sie etwa zwanzig Kilometer aus der Stadt heraus. Sie wanderten durch den Wald, Gilles und Elisa trugen das Baby abwechselnd. Um die Mittagszeit machten sie auf einer Lichtung Rast. Elisa stillte das Kind, breitete danach eine Decke auf dem Gras aus und legte es darauf. Sie packten die Brote aus. Die Mädchen rannten während des Picknicks hierhin und dahin und kamen zwischendurch wieder zurück, um etwas zu essen zu holen. Gilles hatte sich auf dem Gras ausgestreckt, den Kopf auf Elisas Knien. Nachdem er gegessen hatte, blieb er in aller Ruhe so liegen und sprach von diesem und jenem, ohne Victorine zu erwähnen. Elisa hatte eine Hand auf Gilles' Schulter gelegt und betrachtete sein Gesicht. Aus Angst, ein einziges Wort könnte die Ruhe stören, wagte sie kaum, etwas zu sagen. Er verstummte. Elisa erinnerte sich, daß sie vor ihrer Hochzeit mit ihrer Familie einen Nachmittag in dieser Gegend verbracht hatten. An einer Wegbiegung hatte Gilles sie plötzlich an sich gerissen, sie hatten sich im Gebüsch gewälzt und sich einige lange Sekunden stürmisch geküßt. Danach hatten sie sich alle Mühe gegeben, Elisas neue Bluse zu säubern, die voller Grasflecken war, sich auf einen

Baumstumpf gesetzt und händchenhaltend auf die Eltern gewartet.

»Liebst du mich?«

»Wahnsinnig... Wahnsinnig...«

Sie lachten, weil die anderen sicherlich keine Ahnung hatten, was sie zueinander sagten... Für den Rest des Spaziergangs mußte Gilles fast die ganze Zeit seine Hand auf Elisas Schulter legen, damit man den Fleck auf ihrer Bluse nicht sah.

Sie war nahe daran, ihn zu fragen, ob er sich daran erinnerte. Aber nein, es war besser, nicht davon anzufangen. Er gab ihr zu verstehen, daß die Sonne ihn störte, sie hielt ihre Hand über ihn, um sein Gesicht zu beschirmen.

Jetzt denkt sie an überhaupt nichts mehr, hängt nicht mehr ihren Erinnerungen nach. Über den Mann gebeugt, liegt sie einfach da und hält ihre Hand über ihn. Ihre großen Augen verfolgen aufmerksam, wie sich seine Brust beim Atmen hebt und senkt – ihr Herz ist von einem zerbrechlichen Glücksgefühl erfüllt.

Nach einer Weile setzen sie ihren Spaziergang durch den Wald fort. Sie kommen auf eine weite Hochebene, die sich nach rechts ins Unendliche auszudehnen scheint; auf der anderen, der Stadt zugewandten Seite, endet sie jäh an einem steilen Abgrund. Hier stehen fast keine Bäume mehr, die Sonne brennt herab. Gilles holt eine Zeitung aus dem Rucksack und bastelt daraus einen spitzen Hut, den er Elisa aufsetzt: »Schaut mal, wie hübsch eure Mama aussieht!«

Die Mädchen lachen und wollen auch Hüte haben.

»Wir machen noch welche...«

Da der Weg immer enger wird, gehen sie im Gänsemarsch weiter; sie pflücken Geißblatt im Wald und Margeriten am Wegrand. Jetzt weitet sich der Blick nach links: am Horizont erheben sich die Schornsteine der Hochöfen und die schwarzen Kegel der Schutthalden. Sie bleiben einen Moment stehen, um zu schauen. Hier hat man den Eindruck, die ganze Welt zu überragen...

Dann gehen sie blumengeschmückt und mit ihren Papierhüten auf dem Kopf im Gänsemarsch weiter durch das hohe rötliche Gras.

In dem Zug, der sie zurückbringt, sehen alle sie an. Elisa ist stolz auf ihre schönen Kinder und auf den schönen, stattlichen Mann, der ihr gegenübersitzt. Er hat die Blumen, die sie gepflückt haben, zu einem großen Strauß zusammengefaßt, den er jetzt ein wenig ungeschickt auf seinen Knien hält. Elisa wird damit das Haus schmücken, und so wird morgen ein Stückchen dieses gesegneten Tages weiterleben.

Ach, könnten doch alle Tage ihres Lebens so sein wie dieser, eine Aneinanderreihung vieler kleiner Glücksmomente. Waldspaziergänge, der warme Geruch des Heidekrauts, Gilles' Kopf auf Elisas Knien, Gilles, wie er flache Steine in einen Fluß wirft, ein Weg über eine Hochfläche. »Schaut mal, wie hübsch eure Mama aussieht...« Grüne, helle und rötliche Gräser, die sich über die einsame Landschaft ausbreiten. Nichts sonst. Ganz gewöhnliche, im Grunde alltägliche Momente, doch Elisa hat ihren geheimen Zauber erkannt. Sie haben sich unauslöschlich in ihr Gedächtnis eingebrannt, bis das Unaussprechliche über sie hereinbrach.

Der Zug rollt dahin, ein voller Waggon dritter Klasse, in dem sich der herbe Geruch schwitzender Körper und der süße Duft des Geißblatts mischen. Frauen, rauchende oder dösende Männer, Kinder auf dem Schoß ihrer Mütter. Gesichter, die Elisa nichts sagen. Und zwischen all diesen Unbekannten ein kleines Grüppchen: Gilles, die drei Kinder und sie, Gilles' Frau. Wieder geht sie ganz im Augenblick auf. Ach! Sie könnte es nicht erklären... Doch sie erlebt es mit all ihren Sinnen und mit ihrer ganzen Seele. Diese Wunde, die sie im Herzen trägt, dieser stille Schmerz, der ihr Innerstes zusammenzieht, sie sind da, um sie daran zu erinnern, wie trügerisch dieser Augenblick ist. Dabei müßte es doch möglich sein, daß das ganze Leben aus Momenten besteht, so süß und so bedeutungsvoll... Aber könnte das menschliche Herz so viel Glück überhaupt ertragen?

Sie ist so ohne Arg, ohne Stolz oder eine Philosophie und fragt nicht, ob es auf der Welt Platz für ein Herz wie das ihre gibt.

Ihr ganzer Körper und ihre Seele scheinen das Unausprechliche herbeizurufen. Das Grüppchen aus Gilles, den drei Kindern, Gilles' Frau... Ihre Arme, mit denen sie das Kind an sich drückt, zittern ein wenig, über ihr Gesicht geht ein leichter Schauder – sie gibt sich ihrer Glückseligkeit hin bis zur Selbstauslöschung. Sie lehnt ihren Kopf mit geschlossenen Augen an die Wand des Waggons – man könnte meinen, sie sei eine Frau wie alle anderen, ein wenig müde nach einem langen Tag auf dem Land.

Auf dem überfüllten Bahnsteig ging Elisa hinter Gilles, der die beiden Mädchen an der Hand hielt. Auf einmal schob er die Kinder ein wenig nach vorn und sagte, indem er sich zu Elisa umwandte: »Sie hat sich bestimmt ganz schön gewundert, daß ich mich heute nicht habe blicken lassen... Das ist eine gute Taktik, vielleicht macht sie das eifersüchtig. Sie hat mir gesagt, daß sie diesen Sonntag zu Hause bleibt... Ich hätte Lust, noch vorbeizugehen, um zu sehen, ob das auch stimmt.«

»Nein... Doch nicht jetzt?« sagte sie kaum hörbar mit trauriger Stimme.

»Doch, das machen wir.«

Er faßte die beiden Mädchen wieder an der Hand und ging zielstrebig durch die Menge.

Sie folgte ihm verstört.

Die Eltern hatten Stühle auf den Gehweg gestellt und saßen vor dem Haus, um den milden Abend zu genießen. Victorine trug eine Bluse aus rosarotem Organdi und hatte sich ein schwarzes Samtband ins allzu auffallend gewellte Haar gebunden. Gilles und Elisa erschienen mit ihren Kindern und ihren Blumen, die typischen Ausflügler auf dem Nachhauseweg.

»Nein, Mutter, wir kommen nicht mit hinein. Bleibt sitzen. Wir wollten nur kurz vorbeischauen... Die Kinder sind müde.«

»Das Wetter war heute so schön!« sagte Victorine. »Wenn ihr mir gesagt hättet, daß ihr ins Grüne fahrt, wäre ich mitgekommen.«

»Ist das wahr? Du wärst mitgekommen?« fragte Gilles mit naiver Freude. »Wenn ich das gewußt hätte! Aber... da!« Er suchte die schönsten Blumen aus seinem Strauß und gab sie ihr. »Jetzt ist es ein bißchen, als wärst du dabeigewesen.«

Elisa beobachtete die Szene, verfolgte mit den Augen die Blütenstiele, die von einer Hand in die andere wechselten.

Blumen für den nächsten Tag, Erinnerung an den heutigen... So werden ihr all ihre kleinen Freuden gleich wieder verdorben.

Sie machten sich auf den Heimweg, die Kinder quengelten, weil sie müde waren. Sie hielten sich nicht mehr in der Küche auf, sondern gingen gleich nach oben in ihre Zimmer. Den Rucksack legten sie unausgepackt zusammen mit den Kleidern auf einen Stuhl. Der Rest des Blumenstraußes kam in den Henkelkrug neben der Waschschüssel.

Und wie immer kommt wieder der Moment, in dem die anderen schlafen und Elisa allein ist, ganz frei für ihren Schmerz. Vom Ausflug haben sie einen Geruch nach Erde, Holz und angenehmem natürlichem Schweiß mitgebracht. Aus diesem diffusen Duftgemisch hebt sich der Geißblattduft deutlich heraus. Sie haben die Blüten auf dieser unendlich weiten Hochebene gepflückt... Was für ein schöner Tag ist es gewesen, doch die Freude daran ist in einem einzigen Augenblick verflogen... Ein ruhiger Tag, der bis zum Abend hätte dauern können! Bis zu dem Moment, in dem sich Elisa auf dem Lager neben dem schlafenden Mann hätte ausstrecken können, um sich, ohne zu leiden, die einzelnen Augenblicke ins Gedächtnis zurückzurufen!

»Mein Gott, mein Gott, verlaß mich nicht... hab

Mitleid mit mir... ich habe mich heute so sehr nach Glück gesehnt.«

Sie hat ihr Gesicht zur Bettkante gedreht und weint mit kleinen erstickten Schluchzern, ein Taschentuch auf ihren Mund gepreßt, um Gilles nicht zu wecken.

Dreizehn

Wenn man unglücklich ist, vergeht die Zeit wie im Flug, auch wenn im allgemeinen etwas anderes behauptet wird. Es gibt keine markanten Ereignisse, die die verstrichene Zeit gliedern würden, kein Tag unterscheidet sich durch irgendeine Freude von einem anderen. Es gibt nur immer dasselbe Elend.

Jetzt ist es schon Herbst, denkt Elisa. Seit fast einem Jahr lebt sie nun ohne Gilles' Liebe... Sie hat das Gefühl, die zurückliegende Zeit wäre nur ein einziger, endlos langer Tag.

Verwundert blickt sie in den Garten. Die ersten Fröste legen einen weißen Schleier über die nackte Erde, und die Bäume verlieren ihre Blätter. Die schönen nördlichen Nebel hüllen morgens die Landschaft ein, sie verlassen langsam die Erde, um schon bald zurückzukehren und ein abendliches Licht auszugießen. Im Garten gibt es keine Blumen mehr, nur die großen runden, in die Höhe geschossenen Lauchstengel stehen noch vor dem Zaun.

Jetzt ist es schon Herbst! Und sie hat das Gefühl, gar nicht gelebt zu haben. Sie wendet sich vom Fenster ab und geht ein wenig in der Küche herum: der Tisch und die Stühle, die Treppe zu den Schlafzimmern, links der Herd und das Büfett – dies bildet den Rahmen für ihr Leben. Was bedeutet es schon, daß die Jahreszeiten kommen und gehen. Heute herrscht nur noch diese Trübsal, die kein Ende nehmen will... Seit Monaten wartet sie darauf, daß endlich ein neuer Tag anbricht.

Sie nimmt ihren Gedankengang wieder auf, denkt ihn zu Ende: Jetzt ist es schon Herbst. Wie langsam die Stunden verstreichen!

Denn die einzige Zeit, die zählt, ist die Zeit des Herzens.

Elisa war schon lange auf, aber Gilles war immer noch nicht von der Arbeit zurückgekommen; jetzt blieb sie morgens nie mehr bis zu seiner Rückkehr im Bett liegen, wenn er Nachtschicht hatte. Sie ging durch das kleine Zimmer mit den polierten Möbeln und öffnete die Eingangstür. Der Nebel war noch zu dicht, als daß sie Gilles auf der Straße kommen sehen könnte. Sie ging zurück ins Haus, kam mit einem Besen wieder heraus und begann das schmale gepflasterte Trottoir zu fegen. Plötzlich taucht er dicht neben ihr aus dem Nebel auf: »Ach, Lisa!«

Ohne einen weiteren Gruß ging er ins Haus. Sie folgte ihm.

»Möchtest du gleich essen?«

»Ja, ich werde mich hinterher waschen.«

Sie goß ihm heißen Kaffee ein, setzte sich ihm gegenüber an den Tisch und aß auch selbst ein wenig. Er sagte kein Wort. Wegen der Kälte draußen war das Fenster geschlossen, so daß der Geruch des gebratenen Specks den Raum erfüllte. In diesem ersten Morgenlicht schien alles leer und trostlos. Elisa hatte das Gefühl zu ersticken.

Um das Schweigen zu brechen, sagte sie: »Wir sollten den Lauch, der noch gut ist, bald holen, sonst schießt der auch noch.«

»Na, dann schießt er eben.«

Es war besser, nicht weiter darauf zu beharren, der Tag fing schlecht an. Gestern abend war Gilles recht ruhig gewesen – aber wahrscheinlich hatten ihn bei der Arbeit in der Nacht wieder schlimme Gedanken gequält, und nun mußte sie so lange darunter leiden, bis sie wieder verschwanden oder bis Victorine ihm wieder ein freundliches Wort oder eine Geste gönnte. Sie war fast schon so weit zu hoffen, daß diese Geste oder diese freundlichen Worte nicht lange auf sich warten ließen. Doch diesen Gedanken wischte sie eine Sekunde später wieder weg – beschämt, überhaupt auf eine solche Idee gekommen zu sein. Aber immer diese schlechte Laune, diese Wutanfälle, dieses lastende Schweigen, das sie erstickte und das man nicht einfach ganz unbeschwert brechen durfte.

Denn in der letzten Zeit bedeutete es für Gilles keine Erleichterung mehr, sich bei Elisa auszusprechen. Victorine hatte diese kleine Verbesserung schnell wieder zunichte gemacht. So wie es ihr eines Tages in den Sinn gekommen war, Gilles' Begierde zu wecken, hatte sie es sich nun in den Kopf gesetzt, mit jemand anderem etwas anzufangen.

Lucien Maréchal hatte ein Tabak- und Zigarrengeschäft in der Stadt. Sie würde Lucien heiraten und mit gepflegten Händen, die mit einem goldenen Reif und einem silbernen Perlenring geschmückt wären, ihren Kunden die kleinen Zedernkistchen offerieren.

»Wünschen Sie Claro, Cogetama oder Voltigeur?« Es war ihr einfach so in den Kopf geschossen. Und es war nicht besonders schwierig: wozu hat man denn seine Weiblichkeit, wenn man nichts damit anfängt?

Und warum auch nicht? Nur keine Hemmungen, du kleines verdorbenes Biest. Für dich ist das Leben ohne Gefahren. Du hast nichts zu verlieren und nichts zu gewinnen. Nichts könnte dich je erheben oder zu Boden werfen. Du bist eine Frau, die weder den Himmel noch die Hölle kennt, eine Frau ohne Seele, ohne Herz, ohne Geist – und eigentlich nicht einmal aus Fleisch und Blut, denn die ungeheure Triebhaftigkeit, die dich auffrißt, bereitet dir weder Leiden noch Genuß.

Es hängt auch mit deiner tragischen Unschuld zusammen, daß du dich trotz allem weiterhin mit Gilles triffst. »Elisas Mann ist ja schließlich ein ganz ansehnlicher Bursche.« Du zwingst dich zu dem Vergnügen, am Arm des schönen blonden Arbeiters durch die Straßen zu gehen. Der Gequälte fragt dich naiv: »Sag, Victorine – liebst du mich?« Und du ziehst in dieser für dich typischen Weise die Augenbrauen hoch und antwortest: »Aber natürlich! Warum denn nicht?«

Dein Körper ist wunderbar gebaut, deine Beine sind lang und weiß, deine Haut ist zarter als die der Arbeiterfrauen. Keine allzu schweren Sorgen, keine allzu heftigen Freuden haben auf deinem Gesicht Spuren hinterlassen – und über deinen Bauch ziehen sich keine

Schwangerschaftsstreifen. Dieser nackte Körper, den Gilles neben dem seinen sieht, übertrifft seine kühnsten Träume, sie ist für ihn ein Geschöpf aus einer anderen Welt. Und du, Victorine, kannst die Liebe ja auch täuschend echt spielen. Doch deine Lider schließen sich nicht und schlagen auch nicht schneller – und deine blicklosen Augen treiben den Mann zur Verzweiflung, auch wenn er gar nicht weiß, warum, und verfolgen ihn, sobald er dich verlassen hat. Ihm fehlen noch die Beweise – und selbst wenn er sie hätte, würde er sie nicht gelten lassen –, doch er empfindet nicht mehr die Befriedigung, die ein Jäger angesichts seiner Beute fühlt.

In der sauberen, traurigen Küche ist das Leben kaum mehr wahrnehmbar. Gilles hat den Speck und die Eier aufgegessen; er bleibt mit gequälten Augen am Tisch sitzen. Deine Schwester Elisa steht am Fenster, ihr Blick verliert sich im nördlichen Nebel, der nach und nach den schwarzen Horizont preisgibt. Sie kann nichts für dich tun – auch nichts gegen dich. Niemand kann etwas für oder gegen dich tun. Durch ihre viel zu große Liebe gelähmt, wartet Elisa. Sie wartet darauf, daß Gilles wieder gesund wird. Sie weiß, daß man sich von Victorine nicht durch einen Kraftakt lösen kann, sondern nur durch Abscheu.

Elisa ging nach oben, um die Mädchen zu holen und in der Küche zu waschen und anzuziehen, damit Gilles, wenn er sich entschließen sollte, ins Bett zu gehen, seine Ruhe hatte. Das Baby würde frühestens in einer Stunde aufwachen.

Als sie wieder nach unten kam, hatte Gilles sich vom Tisch erhoben. Er zog langsam die Schuhe aus und sagte, indem er sie neben den Ofen schleuderte: »Ich gehe nach oben und versuche zu schlafen! Bis nachher.«

Kaum war er aus der Küche, als eins der Zwillingsmädchen das andere mit dem Ellbogen anstieß und sagte: »Er sieht aus, als hätte er heute schlechte Laune.«

Ohne Ankündigung klatschte Elisas Hand auf die Wange des Mädchens. Es fing nicht sofort an zu weinen. Einen Augenblick sahen sich alle drei schweigend an. Elisa war starr vor Schreck über ihr eigenes Verhalten. Dann nahm sie das Kind in die Arme, um es zu trösten: »Weine nicht, mein Liebes – habe ich dir weh getan? Aber du darfst auch nicht so über deinen Vater sprechen...«

Es war Zeit, in die Schule zu gehen. Der Nebel hatte sich völlig aufgelöst, die weiße Oktobersonne beschien die Straße. Die kleinen Mädchen gingen schweigend neben Elisa her, eine Hand in der ihrer Mutter, mit der anderen hielten sie ihre Mappen aus braunem Tuch. Es spielten sich merkwürdige Dinge ab, sie wußten nicht, was, doch sie spürten, daß sie selbst mit alldem so gut wie nichts zu tun hatten.

Auf dem Rückweg ging Elisa in den Lebensmittelladen. Sie hatte es eilig, deshalb bediente man sie als erste; ihr schien es, als sähen die Leute sie merkwürdig an. Als sie mit ihren Einkäufen hinausging, begann eine der Frauen im Laden etwas zu früh zu sprechen, so daß sie sie noch sagen hörte: »Das ist doch wirklich unerhört ... Und ganz bestimmt weiß sie davon. Das sieht man ihrem Gesicht an ...«

Die Leute wußten Bescheid. Es mußte ja so kommen: es genügte schon, daß jemand sah, wie sie sich auf der Straße ein wenig zu lange verabschiedeten, und die Neugier war geweckt. Vielleicht hatte auch jemand die beiden im Wald gesehen oder hinter einer schmalen Hecke. Im Schutz der Regale, mit denen das Schaufenster dekoriert war, blieb Elisa einen Moment lang stehen – die andere Frau antwortete: »Ich sage nur, wenn sie so etwas mitmacht, dann verdient sie es nicht besser.«

Etwas vornübergebeugt unter der Last der schweren Einkäufe hatte Elisa das große schwarze Tuch fest über der Brust zusammengezogen. Ihr Herz raste, während sie sich langsam an den Hecken, den niedrigen Gartenzäunen und schmalen Backsteinhäusern vorbeischleppte. In ihrem Gesicht war plötzlich etwas erloschen. Sie schob die Küchentür auf, setzte sich breitbeinig auf den nächstbesten Stuhl und ließ die Einkäufe einfach zu Boden gleiten. Sie starrte ins Leere. Schließlich hob sie nacheinander die Einkaufstaschen auf und stellte sie auf den Tisch. Während sie ihr Tuch abnahm, zuckte sie leicht mit den Schultern: verglichen mit all dem anderen war das nun wirklich nicht der Rede wert.

Gegen elf Uhr kam Gilles herunter. Da er nur Socken an den Füßen hatte, hörte Elisa ihn nicht. Erschrocken blieb sie mit dem Geschirrtuch in der Hand stehen und sah ihn an. Er ging etwas in die Knie, um sich in dem kleinen Spiegel zu sehen, der an der Wand hing, und fuhr sich mit der Hand durchs Haar. Er setzte sich, zog die Schuhe an und sagte schließlich: »Es hat keinen Sinn, ich kann einfach nicht schlafen. Ich gehe in die Stadt hinunter. Könnte ja sein, daß sie auf die Idee kommt, um die Mittagszeit bei Maréchal vorbeizugehen...«

Sie suchte krampfhaft nach einem Grund, um ihn zurückzuhalten. Da sie unter der Tür stand, legte sie instinktiv ihre Hände auf den Türrahmen und versperrte ihm so mit ihren ausgestreckten Armen den Weg.

»Aber Gilles... Du mußt dich doch ausruhen! Überleg doch, wie du dich fühlen wirst, wenn du heute abend arbeiten gehst!«

»Ich kann sowieso nicht schlafen! Mir ist eingefallen, daß sie ihn heute mittag besuchen könnte. Wenn ich mich nicht selbst davon überzeuge, werde ich verrückt...«

Sie ließ ihre Arme herunterfallen und spürte, wie sein großer Körper sie streifte, als er an ihr vorbeiging, ohne anzuhalten.

Zwei Stunden später kam er nach Hause.

»Ich habe mich die ganze Zeit in der Nähe von Maréchals Laden aufgehalten«, sagte er, »und als ich sicher war, daß sie nicht mehr kommen würde, bin ich gegangen. Ich hätte sie auch direkt in ihrem Laden abholen können, dann hätte ich sie wohl gesehen. Aber ich hätte nicht gewußt, was sie vorhat. Und jetzt kann ich wenigstens einmal sicher sein, daß sie nicht lügt, wenn sie mir morgen sagt, sie sei heute mittag nicht bei Maréchal gewesen.«

Elisa war blaß geworden. Ach, warum hatte er Victorine nicht in den Laden gehen sehen ... Warum war er nicht noch gequälter nach Hause gekommen, voller Wut, aber bald so weit, daß er von Victorine genug hatte ... Nun triumphierte er, war besänftigt, fast liebevoll: »Sag, Lisa, willst du immer noch, daß ich dir den Lauch herausreiße, bevor ich nach oben gehe?«

Und morgen oder in ein paar Tagen würde Victorine, was immer sie auch sonst vorhatte, sich schon wieder die Worte und Gesten einfallen lassen, um Gilles in Atem zu halten, damit er für sie in Reichweite blieb, falls es sie wieder nach ihm gelüstete.

»Laß nur«, antwortete sie nach einer kurzen Pause. »Geh lieber schlafen ... Du brauchst deinen Schlaf, du mußt heute nacht arbeiten.«

»Ja, da hast du recht. Jetzt kann ich vielleicht einschlafen.«

Er ging nach oben. Sie wandte sich wieder ihren Pflichten zu.

Sie war am Fenster stehengeblieben, um ein wenig Atem zu schöpfen. Gedankenverloren ließ sie ihren Blick über den Gartenzaun hinaus auf die Wiese schweifen, wo ihre Augen einigen sich bewegenden Flecken folgten, ohne sie wirklich zu sehen. Soldaten, die an einem Manöver teilnahmen, robbten durch das Gras. Einer von ihnen lag ganz in der Nähe des Gartens. Er hatte sich Elisa zugewandt und lächelte ihr zu. Ihre Blicke begegneten sich. Er warf ihr eine Kußhand zu, wahrscheinlich um sich ein wenig die Zeit zu vertreiben. Da sie keinerlei Reaktion zeigte und ihr Gesicht ungerührt blieb, zog er einen vorwurfsvollen Flunsch.

Von weitem konnte man seinen Körper kaum erkennen, denn seine Kleidung hatte beinahe die Farbe der Erde und des schon rötlich verfärbten Grases; man sah nur sein junges Gesicht unter dem zurückgeschobenen Helm. Sie lächelte auch. Dann richtete er sich ein wenig auf, so daß sein zarter Körper, der genauso knabenhaft wirkte wie sein Gesicht, sich von der Erde abhob. Seine Ausrüstung aus Stoff und Leder war viel zu schwer für ihn. Durch Gesten gab er ihr zu verstehen, er hätte gern, daß sie neben ihm im Gras läge. Er zeigte mit dem Finger auf sie, wies auf das Gras neben sich, lachte und deutete eine Umarmung an.

Elisa wandte sich vom Fenster ab. Sie spürte, wie sich ihre Brüste unter dem Stoff ihres Kleides spannten, und schlug die Hände vors Gesicht. In ihr hatte nichts anderes Platz als das Bild des Mannes, der im Zimmer über ihr schlief.

Leise stieg sie die Treppenstufen hinauf und blieb vor ihm stehen. Er hatte sich nicht ausgezogen. Der große, kräftige Körper lag entspannt auf den Decken. Unter dem blauen Drillich seiner engen Hose zeichnete sich sein angewinkeltes linkes Bein in seiner ganzen Länge bis zur Leiste ab. Als sei er mitten in der Bewegung eingeschlafen, hielten seine großen Hände sich am Hemdkragen fest, wo sich zwischen zwei braunen, fast schwarzen Aureolen ein Büschel roten Haars zeigte. Der kräftige Kiefer mit dunklen Schatten von seinem Eintagesbart entspannte sich manchmal ein wenig, um sich sofort wieder zu verkrampfen. Das kräftige blonde Haar war in Strähnen aus der blassen Stirn gestrichen, auf der sich zarte rote Flecken zeigten.

Elisa hatte ihn noch niemals so eingehend betrachtet, ihn noch nie so geliebt und begehrt wie jetzt, mit einer solch tragischen Leidenschaft, mit solch tiefer Verzweiflung in jeder einzelnen Faser ihres Körpers. Sie lehnte unbeweglich mit dem Rücken an der Wand, ihre Haut war feucht, die Brustwarzen hart.

Schließlich schlich sie geräuschlos auf Zehenspitzen wieder hinunter.

Vom Küchenfenster aus sah sie Männer mit Gewehren in der Hand, die gebückt den Hügel hinaufliefen; sie erreichten den Gipfel und verschwanden auf dem Abhang der anderen Seite. Im Gras neben dem Gartenzaun lag niemand mehr, doch es war niedergedrückt. Der junge Soldat war wieder bei seinen Kameraden. Sie hatten den Kind-Mann gerufen, er war nun nicht mehr von den übrigen zu unterscheiden und hatte mit ihnen das Kriegsspiel wiederaufgenommen.

In der Umgebung war Ruhe eingekehrt. Nur von Zeit zu Zeit durchbrachen mit rauher Stimme gerufene Befehle die nachmittägliche Stille.

Elisa schloß das Fenster, rollte das Wachstuch zusammen, mit dem der Tisch bedeckt war, und begann das Suppengemüse für den Abend zu putzen.

Es war schon lange dunkel. Die Kinder lagen im Bett, und Gilles las nach beendetem Mahl die Abendzeitung. Elisa schmierte seine Brote, belegte drei davon mit Rührei, drei mit rohem Speck. Sie wickelte sie ein und reichte sie ihm. Gilles verließ das Haus. Um Elisa herum erstarb alles.

Sie blieb eine Zeitlang untätig sitzen und ertrug ihre

Einsamkeit. Von Zeit zu Zeit hörte sie auf der Straße die zuerst lauter und dann wieder leiser werdenden Schritte eines Arbeiters auf dem Weg in die Fabrik. Manchmal gingen sie zu zweit oder dritt, und ihre Worte drangen gedämpft zu ihr herein. Auch andere Frauen waren in dieser Nacht ohne ihre Männer. Doch sie hatten noch den Geschmack eines herzlichen Abschiedskusses auf ihren Lippen, spürten auf ihren Brüsten noch die zärtliche, naive Liebkosung – von einer treuen und liebenden, fast freundschaftlichen Hand, die im Moment des Abschieds ihre Bluse streift. Mitten in der Nacht wachten sie vielleicht auf und merkten, daß der Platz an ihrer Seite leer war, doch konnten sie sicher sein, daß sie im Morgengrauen die heimgekehrten Männer wieder in ihre Arme schließen würden, wie sie selbst es früher auch getan hatte.

Ausgehungerte, aber sorglose Körper, die im Licht der ersten Morgensonne ihre Begierde stillen würden.

Elisa schlang die Arme um ihre Brust und senkte den Kopf. Eine einsame Nacht, ein Morgen ohne Hoffnung. Ein einziger langer Tag ohne einen neuen Morgen. »Mir ist eingefallen, daß sie ihn heute mittag besuchen könnte«... »Ich hätte sie auch direkt an ihrem Laden abholen können, dann hätte ich sie wohl gesehen«... »Ich sage nur, wenn sie so etwas mitmacht, dann verdient sie es nicht besser«... »Wenn ich mich nicht selbst davon überzeuge, werde ich noch verrückt.«

Sie hob den Kopf wieder und seufzte. Dann brachte sie die Küche ein wenig in Ordnung, löschte die Lampe und stieg die Treppe hinauf.

Vor dem Schlafzimmerfenster blieb sie lange stehen. In der Dunkelheit sah sie undeutlich die hügelige Wiesenlandschaft und in der Ferne ein großes Viereck leerer Nacht. Weiter hinten leuchteten verschwommene Lichter, und die Hochöfen ließen den Himmel rötlich schimmern. Die Fabriksirene heulte, um einer Schicht den Feierabend anzukündigen: Gilles begann jetzt mit der Arbeit.

Vierzehn

Als es am nächsten Morgen sieben Uhr schlug, war Gilles noch immer nicht zu Hause. Elisa sorgte sich schon seit längerem. Sie begann, die Kinder anzuziehen, und sah beim kleinsten Geräusch, das sie draußen hörte, aus dem Fenster. Es war sehr unwahrscheinlich, daß Gilles Victorine in dieser frühen Morgenstunde schon getroffen hatte. Sie fürchtete einen Unfall. Außer sich sah sie Gilles schon von einem Stahlklumpen erschlagen oder im Räderwerk einer monströsen Maschine zermalmt. Vor einem solchen Unglück kann man sich nicht schützen! Während sie ihre Arbeit verrichtete, betete sie insgeheim, daß Victorine der Grund für seine Verspätung sein möge.

Es wäre schon längst Zeit gewesen, die Kinder zur Schule zu bringen, doch Elisa konnte sich nicht entschließen, das Haus zu verlassen. Endlich raffte sie sich auf. Nachdem sie sich vergewissert hatte, daß das Baby ruhig schlief, begleitete sie die Mädchen ein Stück weit auf ihrem Schulweg, dann ermahnte sie sie, brav auf dem Gehweg zu bleiben, und ließ sie allein weitergehen. Sie beschattete die Augen mit der Hand und sah ihnen eine Weile nach, bis sie den Platz überquert hatten. Wenn Gilles bei ihrer Rückkehr noch nicht zu Hause wäre, würde sie in die Fabrik laufen... Als sie sich umblickte, entdeckte sie ihn plötzlich. Er war gerade aus der Straßenbahn gestiegen und kam auf sie zu.

»Ach Gilles, ich habe mir schon solche Sorgen gemacht.«

Er sah müde aus. Obwohl es nicht sehr warm war, rann ihm der Schweiß über das Gesicht und vermischte sich mit dem Staub der vergangenen Nacht.

»Ich mußte sie unbedingt sehen, ich habe sie auf dem Weg zu ihrem Laden abgepaßt. Sie trug eine Halskette, die ich noch nie an ihr gesehen hatte, und benahm sich ganz komisch.«

Sie erwiderte ihm nichts. Endlich war er da und ging neben ihr. Für einen Moment gab sie sich ihrer tiefen Freude hin, die auf diese große Unruhe folgte.

Sie hob den Kopf und sah ihn an, indem sie ihn am Arm berührte: »Und du bist so in die Stadt gegangen, so schmutzig?«

Sie starrte wieder auf die Straße und fuhr etwas leiser fort: »Gilles, du verhältst dich sehr ungeschickt... Du wirst ihr bestimmt irgendwann lästig, wenn du ihr so nachstellst... Es sieht ja aus, als würdest du ihr hinterherlaufen, was soll sie denn von dir denken.«

»Aber das ist doch ganz normal«, antwortete er lebhaft. »Sie muß doch wissen, daß sie nach allem, was zwischen uns war, mir gehört, ganz egal, was sie tut!«

»Laß sie ein bißchen in Ruhe, mach dich rar«, sagte

sie sanft. »Wenn du den Gleichgültigen spielst, wenn du so tust, als würdest du sie fallenlassen, wird sie schnell merken, daß sie einen Fehler gemacht hat, und von selbst zu dir zurückkommen.«

Sie wußte, daß sie ein gefährliches Spiel spielte, doch sie hatte das Gefühl, es sei der richtige Moment, um es zu wagen. Wenn Gilles einige Tage von Victorine getrennt war, konnte das sein Bedürfnis nach ihrer Nähe noch verstärken, aber Victorine könnte auch an diese gespielte Gleichgültigkeit glauben. Wenn sie das Spiel für verloren hielt, würde sie sich Gilles nicht mehr an den Hals werfen und sich ganz jemand anderem zuwenden. Vielleicht würde Gilles dann endlich begreifen, welcher Art die Gefühle des Mädchens waren.

Gilles hatte ihr nicht gleich geantwortet, aber er ließ sich Elisas Sätze langsam durch den Kopf gehen, er brauchte Zeit, um eine Idee zu prüfen.

Sie waren schon längst zu Hause, als er ohne Einleitung sagte: »Vielleicht hast du ja recht.«

Ohne ein weiteres Wort aß er auf seine derbe Art weiter, ergriff das Brot mit seiner großen Hand und saß mit angewinkelten Armen weit vom Tisch entfernt. Schließlich brachte er seinen Gedanken zu Ende: »Ja, genau... Ich mache mich ein paar Tage rar... Dann werden wir ja sehen, was sie macht... Aber so gar nicht von ihr zu hören, ich glaube, das kann ich nie durchhalten.«

Elisa fürchtete, er könnte womöglich ihren Rat doch nicht befolgen, und bemühte sich deshalb besonders selbstsicher zu wirken, als sie ihm mit etwas gepreßter

Stimme antwortete und ihm dabei fest in die Augen sah: »Versuche es. Und wenn du es wirklich nicht ohne sie aushältst, gehen wir am Sonntag zu den Eltern, dann kannst du sie sehen, ohne daß ihr miteinander allein seid. Versuche geduldig zu sein, nimm dich zusammen.« Und sie fügte, so unaufdringlich sie nur konnte, hinzu: »Ich helfe dir beim Warten.«

Er nickt zustimmend, er ist einverstanden! Sie sieht ihn prüfend an. Er hat nicht mehr die Kraft, etwas zu sagen, er ist völlig zerschlagen... Aber auch dieser Marsch quer durch die Stadt direkt nach der Arbeit... Statt nach Hause zu kommen und sich auszuruhen... Wenn ein Mann so hart arbeitet wie Gilles, braucht er ein geregeltes Leben: arbeiten, nach Hause gehen, essen, schlafen, wieder zur Arbeit gehen. Sonst hält der Körper nicht durch. Und jetzt ist es so, als würde er trotz einer schweren Erkrankung immer weiterarbeiten. Aber ich werde ihn wieder gesund machen... Ich werde ihn bestimmt gesund machen, denkt sie, während sie mit sorgenvoller Stimme sagt: »Du müßtest schon längst im Bett liegen, Gilles. Geh jetzt nach oben... lege dich schlafen.«

Einige Tage vergingen völlig ruhig.

Am Sonntag nachmittag rasierte sich Gilles und machte sich besonders fein.

»Nun, was ist, gehen wir?« fragte er, indem er seine Jacke anzog und seine Mütze aufsetzte, lange bevor Elisa fertig war.

Mit den Kindern kam man nur langsam vorwärts. »Zu Fuß dauert es zu lang«, sagte er. »Ich spendiere eine Fahrt mit der Straßenbahn, das Geld werde ich am Tabak wieder einsparen.«

Victorine kam spät nach Hause, Gilles fragte sie nicht, woher sie kam, er sagte überhaupt wenig zu ihr und sah sie kaum an. Er schien sehr stolz auf sich zu sein und blinzelte Elisa verschwörerisch zu.

Als sie aufbrechen wollten, erinnerte ihre Mutter, die Elisa beim Haushalt behilflich sein wollte, sie daran, ihr die Wäsche zum Waschen zu bringen. Victorine unterbrach sie: »Ich gehe Mittwoch oder Donnerstag vorbei und hole sie ab.«

»Mach dir keine Umstände, ich bringe sie schon selbst vorbei«, antwortete Elisa, als sie sah, daß Gilles nicht zuhörte.

»Aber nein, hör mal, ich kann sie doch abholen.«

Da Gilles sich näherte, ging Elisa auf diesen letzten Satz nicht weiter ein.

Bereits am Dienstag hatte sie die Befürchtung, Victorine könnte kommen, und beschloß deshalb am Nachmittag, zu ihrer Mutter zu gehen, damit das Mädchen keinen Vorwand mehr hätte, zu ihr zu kommen. Hastig packte sie die Wäsche in ein Tischtuch, das sie an den Enden zusammenknotete, vertraute die Kinder der Nachbarin an und ging, ohne Gilles' Rückkehr abzuwarten.

»Aber, mein Kind, du hättest dich doch nicht bemühen müssen! Victorine hat gesagt, sie will heute bei dir vorbeigehen, weil sie sowieso für ihr Geschäft etwas erledigen muß... Sie müßte jetzt schon dort sein.« Es gibt unglückliche Zufälle, die einen überrumpeln: man kann sich nicht sofort damit abfinden, daß sie wirklich geschehen sind.

Doch Elisa hatte sich schnell wieder gefaßt.

»Mutter, ich hab's eilig... Es ist wegen der Kinder, weißt du. Ich kann nicht bleiben.«

Sie rannte bis zur Straßenbahnhaltestelle.

Fünfzehn

»Du Nutte! Schlampe! Du dreckige Hure! Ich packe deine Visage und schlage dir den Kopf auf den Küchenboden... Ich warte ein bißchen, um zu sehen, wie du dann aus der Wäsche schaust... Ah! Dein frecher Gesichtsausdruck vorhin. Warum du ihn denn nicht heiraten solltest! Warum du ihn nicht h... Gott verdammt, verdammt noch mal.« Und dann fange ich noch mal an zu schlagen, diesmal mit den Fäusten, auf deine Stirn, deine Augen, deinen Mund... Du blutest, deine Lippen werden aufgehen wie eine rote Blüte, und dann fließt das Blut dir langsam über die Zähne... Deine hübschen Zähne, die sich in meine Fäuste graben wollen... Sie verletzen mich auch nicht mehr, als mich ein kleines Katzenmäulchen verletzen würde... Du brauchst nicht zu versuchen zu schreien, zwischen uns und den Nachbarhäusern sind Gärten... »Schnauze! Die Türen sind verschlossen!« Meine Knie pressen deine Schenkel auf den Boden, mit den Ellbogen halte ich deine Arme fest, und meine Hände schließen sich um deinen Hals... Wie gefesselt liegst du auf dem Boden... ich könnte dich nehmen, wie es mir paßt, ohne daß du dich wehren könntest. »Mit dir schlafen? Das gefällt mir besser...« Ich spucke dir ins Gesicht... ein kleiner warmer Schaum, in dem meine ganze Wut steckt... Versuche nicht, es abzuwischen... es lohnt sich nicht. Ich mach's gleich noch mal... Jetzt bist du mit Sternen übersät, angebetetes Miststück. »Du bist nur ein Stück Dreck, hörst du, ein Dreckstück!« Ich fletsche die Zähne, ich leide, ich keuche, du hast Angst vor mir. »Aber du wirst ihn nicht heiraten, vorher bringe ich dich um!« Du folgst meinem Blick, der einen Augenblick auf dem Feuerhaken an der Herdstange ruht... Kralle dich nur in meinen Kleidern fest, das nutzt dir gar nichts, ich schaffe es schon... Ich schleife dich auf dem Boden mit hinüber... Aber es wird eine Weile dauern, denn ich will nicht, daß du dich befreist... mir wegläufst... Ich will dich noch mehr schlagen... Diesmal war es ein satter Fausthieb... Mein Daumennagel ist auf deiner Stirn ausgerutscht und hat einen kleinen Hautstreifen abgekratzt... Wehre dich, weine, schreie, blute... Wenn du wüßtest, was für eine Freude es mir bereitet, auf dich einzuschlagen, während du dich so unter mir windest... Ich schlage dich, ich verdresche dich, ich ohrfeige dich, ich verletze dich, ich kratze dich, ich ersticke dich, ich haue dich kurz und klein.

»Dreckstück, elende Hure!« hörte Elisa ihn gerade noch schreien, als sie unter dem Küchenfenster vorbeiging. Mit drei Sätzen hatte sie die Stufen der Ziegeltreppe genommen.

Sie stieß die Tür auf und sah Gilles, der sich wie ein riesiges Ungeheuer über die kleine Gestalt Victorines beugte, die unter ihm auf dem Boden lag. Elisa packte ihn an den Schultern und zog ihn heftig zurück. Sie half Victorine beim Aufstehen.

»Wo tut es dir weh? Ist es sehr schlimm?« Sie befühlte den armen, ramponierten Körper Victorines, die von ihrer plötzlichen Befreiung überrascht war.

Gilles stand vor ihnen, ohne sich zu rühren – er stammelte in seiner Wut fast mechanisch immer noch Beschimpfungen vor sich hin.

Elisa war ganz blaß geworden – unter der braunen Haut schien ihre Blässe wie ein fahler Schimmer. Sie schob Gilles zu einem Stuhl: »Hier, setz dich hin, und rühr dich nicht von der Stelle.«

Sie drehte den Schlüssel zweimal im Schloß, steckte ihn in ihre Manteltasche und ging zu Victorine zurück: »Kannst du gehen? Dann komm mit nach oben.«

Sie half ihr, sich auf das Bett zu legen, und zog ihr das Kleid aus. Victorine war mit Blutergüssen übersät, ihre Oberlippe war geschwollen, an der Stirn hatte sie eine tiefe Schürfwunde, aber jedenfalls war es nichts Schlimmeres. Elisa legte ihr feuchte Umschläge auf die schmerzenden Stellen und holte aus dem Waschtisch ein Fläschchen mit Jodtinktur für die Wunde auf der Stirn. Victorine jammerte lauter als nötig.

»So, und jetzt ruh dich ein bißchen aus. Es ist nicht so schlimm, glaube mir. Bleib hier liegen... Beruhige dich... Ich komme nachher noch mal herauf.«

Sie blieb noch ein Weilchen bei ihr, auf das Fußende des Bettes gestützt. Während Victorine laut stöhnte und weinte, wobei sie wie ein kleines Kind die Luft durch die Lippen stieß.

Gilles saß noch immer in der Küche, wie Elisa ihn verlassen hatte. Sie nahm ein Glas und goß ihm den Rest aus einer Flasche mit Wacholderschnaps ein: »Hier, trink das!«

Sonst sagte sie nichts. Sie ging im Zimmer hin und her und tat so, als konzentrierte sie sich ganz auf ihre Hausarbeit. Einmal drehte sie sich zu ihm um, und ihre Augen füllten sich mit Tränen – es war die Entspannung, ein körperliches Bedürfnis zu weinen. Sie atmete tief durch und hatte sich gleich wieder in der Gewalt.

Dann ging sie zu Victorine hinauf. Das Mädchen fühlte sich schon besser und konnte aufstehen, um nach Hause zu gehen. Sie saß auf dem Bettrand und zog ihre Strümpfe an, indem sie sorgfältig die Seide über ihre hübschen Beine streifte.

»Also wirklich«, sagte sie, »was für ein brutaler Kerl! Und das nur, weil ich ihm erzählt habe, daß ich Maréchal heiraten will! Ich verstehe überhaupt nicht, was auf einmal über ihn gekommen ist.«

»Ich verstehe es schon«, sagte Elisa leise.

Victorine hob den Kopf und sah Elisa erstaunt an, tat so, als wüßte sie nicht, was ihre Schwester damit sagen wollte. Sie ging zum Spiegel, um ihr Haar zu ordnen. Als sie ihre Lippen und ihre Stirn sah, wiederholte sie: »Was für ein brutaler Kerl!«

Während Victorine sich fertig anzog, ging Elisa wieder nach unten. Sie reichte Gilles den Schlüssel und bat ihn, die Kinder holen zu gehen: »Sie sind bei Marthe. Bleib eine Weile dort.«

»Ja«, sagte er dumpf.

Sie ging wieder nach oben, um nach Victorine zu sehen, und brachte sie zu der Tür hinaus, die direkt auf die Straße führte.

»Ich habe Angst, daß du es allein nicht schaffst. Ich gehe lieber noch ein Stückchen mit dir mit... Sag Mutter, du seist auf der Treppe gestürzt.«

Das Mädchen antwortete nicht. Elisa begleitete sie bis zur Straßenbahnhaltestelle.

Als sie wieder nach Hause kam, erwarteten sie Gilles, die Zwillinge und Marthe mit dem Baby auf dem Arm in der Küche.

»Ich habe den Kleinen lieber selbst herübergebracht. Gilles hat derartig gezittert... Man könnte meinen, er hat getrunken!« sagte Marthe lachend.

Da ihr darauf niemand eine Antwort gab, ging sie nach Hause.

Die Mädchen setzten sich zum Essen an den Tisch – jede laute Bewegung, jedes Wort, das sie sprachen, wirkten unangebracht.

Jetzt sind Elisa und Gilles allein.

»Aber Gilles, du hast ja gar nichts gegessen.«

Geht das Leben jetzt einfach so weiter? Er legt seine beiden Hände mit den Handflächen nach oben auf den Tisch – er beweint, was er verloren hat, ohne dabei sein Gesicht zu bedecken. Wie viele Männer zieht er eine häßliche Grimasse, um seine Tränen herauszupressen.

Elisa sitzt ihm gegenüber und schiebt ihre Hand über den Tisch auf Gilles' Hand zu. Endlich kann sie sich gehenlassen, und ihre Tränen mischen sich mit denen dieses Elenden.

Sechzehn

Am nächsten Morgen besuchte Elisa ihre Mutter. Victorine saß noch am Frühstückstisch. Da es ihr noch nicht gutging, hatte sie sich den Tag freigenommen. Ihre Mutter stand neben ihr. Als Elisa eintrat, wandte sie ihr den Kopf zu: »Ah, da bist du ja!«

Elisa war von ihrem Tonfall überrascht. Zögernd sagte sie: »Geht's Victorine besser? Es tut mir leid, daß dieser...«

Die Mutter unterbrach sie mit bissiger Stimme: »Er hat sie ja schön zugerichtet, dein Mann!«

Elisa sah Victorine verwirrt an. Was hat sie ihr gesagt? Hat sie die volle Wahrheit erzählt? Ohne den Kopf zu heben, bestreicht das Mädchen langsam seine Brotscheibe mit Butter.

Ihre Mutter weiß zwar, was am vorigen Tag geschehen ist, doch die wahren Gründe für diese Szene kennt sie nicht, denn sie fährt im selben Ton fort: »Wie kann man nur so brutal sein! Was hat er denn gegen Maréchal? Überhaupt nichts! Er will nur ständig seine Nase in unsere Familienangelegenheiten stecken... Ob diese Heirat passend ist oder nicht, das entscheiden immer noch dein Vater und ich... Jetzt hat er wohl völlig den Verstand verloren, völlig übergeschnappt, dein Gilles! Deine Kinder tun mir leid, daß sie so einen zum Vater haben! Wenn du selbst es mit ihm aushältst, ist dir auch nicht mehr zu helfen... Aber er soll sich hüten, noch einmal einen Fuß in mein Haus zu setzen!

Und du, hättest du sie gestern abend nicht wenigstens nach Hause bringen können? Nein? Wirklich, ihr schämt euch wohl gar nicht, du und dein grober Klotz von einem Ehemann! Ich hätte dich nicht für so herzlos gehalten! Ich begreife das alles nicht.«

Aschfahl und mit zitternden Gliedern läßt Elisa den Zornausbruch ihrer Mutter über sich ergehen. Gesenkten Hauptes und mit verwirrtem Blick erträgt sie widerspruchslos auch jene Beschimpfungen, die auf sie gemünzt sind.

Außer sich vor Wut stürzt die alte Frau aus dem Zimmer. In der beklemmenden Stille, die dann herrscht, beginnt Elisa endlich, mit trauriger, erstickter Stimme zu sprechen. Victorine hat also erzählt, daß Gilles sie geschlagen hat: Schämt sie sich denn nicht?

»Ja... Dir wäre es lieber gewesen, ich hätte ihn da herausgehalten«, sagt Victorine höhnisch lachend, »und hätte deine Geschichte vom Sturz auf der Treppe erzählt... Alles, was recht ist!«

»Mama wäre nicht so außer sich... Wie soll sie denn verstehen, was passiert ist? Und außerdem«, fügt Elisa tonlos hinzu, »wenn man schon überhaupt etwas erzählt, dann wäre es anständiger, die Wahrheit zu sagen...«

»Die Wahrheit? Welche Wahrheit?«

Elisas Atem geht schneller, so als trüge sie die Verantwortung für Victorines Schandtaten, und sie murmelt verzweifelt: »Ich weiß, was zwischen euch war... Ich weiß alles, seit vielen Monaten...«

Victorine sieht sie verblüfft an. Eine ganze Weile schweigen die beiden Frauen. Elisa erwartet irgendeinen Ausdruck von schlechtem Gewissen, eine Geste der Zuneigung... Doch als Victorine schließlich ihr langes Schweigen bricht, dann nur, um ihr ins Gesicht zu schleudern: »Nun, meine Liebe, wenn du gewußt hast, was läuft, hättest du besser auf deinen Mann aufpassen sollen!«

Elisa unterdrückt einen Schrei. Sie will sprechen, ihren ganzen Haß und ihre Verachtung herausschreien. Doch sie sagt kein Wort, läßt nur die Schultern sinken und wendet ihrer Mutter ein erloschenes Gesicht zu, die den Raum wieder betritt und sich neben Victorine setzt, ohne Elisa auch nur eines Blickes zu würdigen.

Elisa sieht die beiden nebeneinandersitzenden Frauen an. Mit der einen Hand hält Victorine ihr Haar hoch und zeigt ihre violett verfärbte Wunde auf ihrer Stirn.

»Iß, mein Mädchen... Du brauchst das jetzt, nach alldem«, sagt die Mutter und schiebt ihr fürsorglich das Brot und die Butter hin. Und es ist gut so. Elisa versteht es. Alles ist logisch, normal, schmerzlich und unabänderlich. Es gibt nichts mehr zu sagen, nichts zu erklären.

Soll sie Victorine bloßstellen? Könnte sie dieser Mutter die Augen über die Herzlosigkeit ihres Kindes öffnen? Sich verteidigen, erklären, was in ihr selbst vorging? Über ihre Liebe reden... Aber mit welchen

Worten? Wer sie begreifen wollte, müßte durch einen Blick in ihre liebevollen Augen ihr weites Herz erforschen, diesen liebenden Körper durchleuchten, um in jeder seiner Fasern ein Stückchen des wunderbaren Geheimnisses zu entdecken.

Aber sie sitzt hier, auf der anderen Seite des Tisches, den Blick noch immer auf die beiden dicht nebeneinander sitzenden Frauen gerichtet. Es gibt für sie nichts mehr zu sagen... Sie hat hier nichts mehr verloren. Ihr Platz ist woanders, bei Gilles. Wie wird sie ihm jetzt helfen, ihn stützen müssen!

Sie erhebt sich, sieht ihre Mutter an, die ihr keine Beachtung mehr schenkt. Sie schließt einen Moment die Augen, findet in ihrem Innern die Berührung dieser trockenen Hand, die sich in ihrer Kindheit immer auf ihre Stirn gelegt hatte, wenn sie fieberte.

Schnell geht sie die Straße entlang, fest in ihr großes, schwarzes, wehendes Schultertuch eingehüllt und den etwas verstörten Blick starr geradeaus gerichtet.

Siebzehn

Noch am selben Abend erzählte Elisa Gilles, was sich am Morgen ereignet hatte. Er ließ sie sprechen, ohne sie zu unterbrechen. In seinem Gesicht lag ein gleichbleibender Ausdruck der Verzweiflung, so als hörte er sie gar nicht. Schließlich sagte er: »Das einzige, was ich seit gestern begriffen habe, ist, daß sie mich nicht liebt... Sonst weiß ich nicht, was passieren wird...«

Elisa bekam Angst und sagte brüsk: »Du darfst nicht mehr zu ihr gehen! Weder um sie wiederzubekommen, noch um sie zu strafen... Hörst du mich, Gilles?« Sie schüttelte ihn, versuchte, dieses verbohrte Gehirn zu erreichen. »Es ist, als wärst du verloren... Du mußt warten, bis dein Schmerz sich legt. Du darfst jetzt nichts anderes tun.«

Etwas leiser fügte sie hinzu: »Du bist sehr unglücklich... Aber du bist nicht ganz allein. Ich möchte, daß du weißt...«

Sie schien sich zu sammeln und sagte dann ganz bescheiden, so als könnte sie ihm nur einen kleinen, billigen Trost anbieten: »Ich liebe dich, Gilles. Ich liebe dich über alles... Wie ich dich immer geliebt habe, als wäre ich nur dazu auf der Welt.«

Er sah sie mit verschwommenem Blick an, ohne daß sich an seiner Niedergeschlagenheit das geringste änderte. Langsam stieg aus den Tiefen seiner Erinnerung ein Bild auf – warum ausgerechnet dieses? An einem Samstagnachmittag nach der Arbeit sitzt er mit drei Freunden in einem Straßencafé. Die jungen Arbeiter zwinkern einander zu: »Da kommt die schöne Lisa!« Sie bewegt sich im Gedränge der belebten Straße auf die Gruppe zu, eine große, sanfte Erscheinung, und geht dicht an ihnen vorbei, dabei hat sie nur Augen für ihn. Tagelang brennt dieser Blick in seinem Herzen. Und als würde er sich zum erstenmal seit Monaten wieder dieser Frau bewußt, die an seiner Seite lebte, sagte er: »Ja, Elisa, du liebst mich, ich weiß es. Und ich habe mich dir gegenüber wie ein Schwein verhalten.«

»Wenn du das selbst sagst, dann tust du es jetzt schon viel weniger«, antwortete sie mit einem gezwungenen Lächeln.

Sie erwartete, daß sich nun auf seinem Gesicht ein zärtlicher Ausdruck zeigte, doch er breitete nur die Arme aus in einer Geste, die bedeuten sollte: »Das alles ändert doch überhaupt nichts.«

Er sagte den ganzen Abend kein Wort mehr.

Die folgenden Tage brachten Kälte und starke Regenfälle. Kleine Sturzbäche zerfurchten die abschüssigen Gartenwege. Durch die Nässe verfaulten die letzten Herbstblumen, noch bevor sie Zeit hatten zu welken. Die durchgetretene Backsteintreppe hatte keine Zeit zu trocknen, der Regen füllte die Kuhlen immer wieder auf, tropfte auf die niedrige Schwelle und drang unter der Tür hindurch. Elisa verstopfte den Spalt mit einem zusammengefalteten alten Sack. Dieser Regen hört so schnell nicht wieder auf, sagte sie sich. Es verdroß sie, daß die Kinder sich die ganze Zeit in der Küche aufhalten mußten und dabei Gilles durch ihre Worte und Spiele störten. Am Abend drangen heftige Windstöße in den Schornstein und drückten den Rauch herunter, so daß er in dicken Schwaden unter den Herdplatten herausdrang. Sobald man das Fenster öffnete, war das Zimmer von einer eisigen Kälte erfüllt. Gilles und Elisa saßen sich in der verbrauchten Stubenluft gegenüber. Elisa legte ihre Hände auf die von Gilles. Er teilte ihr seine traurigen Gedanken mit.

Sie sprach nicht mehr über sich und ihre Liebe. Sie hörte seine langen Klagen an, unterbrach nur mit einem Wort des Zuspruchs oder einer tröstenden Geste. Doch ihr ganzes Wesen strahlte Zärtlichkeit aus. Ihre wachsamen Augen boten ihm lebendigen Halt... Das pulsierende Fleisch hielt Hilfe und Trost für ihn bereit... Elisas Gedanken kreisten ausschließlich um Gilles, und Gilles' Gedanken kreisten ausschließlich um ihn selbst. Dabei sagte sie sich beständig, daß sie ihm mit der nicht nachlassenden Fürsorge, mit der sie ihn unaufdringlich umgab, bestimmt helfen würde. Sie half ihm tatsächlich.

Gilles ging es besser.

Der Regen hatte aufgehört, und es wurde noch einmal warm. Es gab noch einige Gewitter, mit schwerem, heftigem Donnergrollen. Am Abend tauchte die Sonne den verhangenen Himmel in feuerrotes Licht – das letzte Zeichen eins Herbstes, der in Schönheit vergeht.

Die Geranien waren noch einmal erblüht. Am Gartenzaun hatte sich noch eine verspätete Rose geöffnet. Elisa pflückte sie. Ihre Blumenvasen waren zu groß für diese einzelne Blume, also nahm sie statt dessen ein Glas, das sie vor Gilles' Heimkehr auf den Tisch stellte.

Nach der Arbeit setzte er sich manchmal auf eine der Betonstufen. Elisa ließ sich neben ihm nieder, und sie verharrten eine ganze Weile Seite an Seite im verlöschenden Abendlicht. Es kam vor, daß Gilles auf die verwelkten Rabatten zeigte und sagte: »Nächstes Frühjahr säen wir hier Reseda.«

»Ja, sie sind zwar ein wenig farblos, aber sie riechen so gut!« antwortete Elisa, die Stimme schwer von verhaltener Freude.

Doch dann brach unvermittelt das Unglück mit seiner ganzen Wucht über ihn herein. Eines Tages hatte er auf dem Heimweg von der Fabrik Victorine getroffen. Er hatte sie nicht angesprochen, sondern war ihr nur mit den Augen gefolgt, ohne sich von der Stelle zu rühren, verletzt durch ihre immer noch makellose Schönheit, ihre offensichtliche Sorglosigkeit. Am Abend hatte er lange geweint, ohne daß Elisa diesem neu erwachten Schmerz etwas entgegensetzen konnte. Sie hörte sein trockenes, stoßweises Schluchzen, sah wieder seine verstörten Augen, das todtraurige Gesicht, fühlte, daß sein Herz durch ein einziges Bild verwüstet worden war. Wie war es möglich, daß ein so großer, robuster Körper so unendlich schwach war...

Dieser Zustand völliger Verzweiflung hielt einige Tage an.

Eines Nachts wachte sie auf und beugte sich über ihn. Sie konnte seine Gestalt unter den weißen Laken kaum erkennen. Es würde seine Zeit brauchen, bis Gilles geheilt wäre... Viel Zeit. Sie warf sich vor, sich zu früh gefreut zu haben. Bestimmt fand er diese vorübergehende Ruhe wieder, die auch in den letzten Wochen eingekehrt war, und vielleicht verlor er sie dann von neuem, um wie jetzt wieder in tiefem Schmerz zu versinken... Es würde immer so weitergehen, noch monatelang... Und wenn er nie darüber hinwegkäme? Wenn er diese abwesenden Augen, dieses leidende Gesicht bis zum Ende behielte... Bis zu welchem Ende? Sie bekam Angst, warf den Kopf wieder aufs Kissen zurück, strich sich mit der Hand über die schweißbedeckte Stirn. In diesem Zustand der Panik fühlte sie das Beben einer großen zerbrechlichen Welt um sich herum. Sie hob den Kopf ein wenig, riß die Augen weit auf: die Nacht erfüllte das Zimmer, man wußte nicht, ob sie unermeßlich groß und grenzenlos oder ganz klein und in sich abgeschlossen war. Elisa kämpfte mit dieser toten Finsternis, wehrte sich gegen diese Nacht, bot all ihre Kräfte auf, um beruhigende Bilder herbeizurufen... Eine Wiese, die der Frühling erblühen ließ... Eine Straße, auf der pfeifende und singende Arbeiter durch eine Landschaft in einen blauen Tag hineingingen... Ein Fenster, das sich in den strahlenden Sommer öffnete... Das Leben...

Als sein lebendiger Atem ihre Stirn streifte, fand ihr Körper durch eine Welle der Zärtlichkeit seine Ruhe wieder. Sie fühlte, wie diese Hoffnung unvermindert tief in ihrem Innern schlummerte. Sie schlief wieder ein, ihr Herz auf die Möglichkeit eines neuen Glücks gerichtet.

Diese neue Phase der Verzweiflung, die Gilles soeben durchgemacht hatte, war wie ein letztes Aufbäumen seines Schmerzes. Er fand die melancholische Ruhe der vorangegangenen Tage wieder, und gegen Ende des Winters begann wieder eine neue Phase. Er zeigte nicht etwa mehr Zärtlichkeit für Elisa und schien auch eigentlich nicht endgültig von Victorine geheilt. Er litt und klagte weiter, jedoch ohne jemals den Namen des Mädchens zu nennen. Man könnte fast sagen, es war ein namenloser Schmerz, den er aus Gewohnheit ertrug, ohne sich noch an den Grund zu erinnern.

Der Winter ging zu Ende, ohne daß Elisas Hoffnung von irgend etwas getrübt wurde. Manchmal hielt sie mitten in der Arbeit, mitten in einer Bewegung inne, erstarrt in einer übermächtigen Freude; einen Moment lang gab sie sich völlig verklärt der Ekstase eines nahen Sieges hin.

Achtzehn

Gilles säte die Rabatte mit Reseda ein, und bald kamen dunkelgrüne, fleischige, reizlose Blätter zum Vorschein. Jeden Morgen beugte Elisa sich über die Rabatte, verfolgte den Fortschritt der schwellenden Knospen, die sich noch nicht entfaltet hatten: bald würden sie sich öffnen, unbedeutende, fast farblose Blüten, die ihren unsichtbaren Zauber verströmten.

Bisher hatte sich noch keine einzige Resedablüte geöffnet.

Gilles nutzte die letzten Stunden des Tageslichts, um das Unkraut aus einem Beet mit jungen Salatköpfen zu hacken. Er richtete sich auf, ging langsam den Weg entlang und setzte sich auf die Bank, die an der Hauswand stand. Elisa hatte ihn vom Küchenfenster aus kommen sehen. Sie ging mit dem Kind im Arm die Backsteintreppe hinunter.

»Du kannst gleich einmal sehen, wie gut er schon läuft«, sagte sie. »Man muß ihn nur noch ein wenig am Finger führen.«

Die Zwillinge waren schon müde und setzten sich neben Gilles, eine rechts, eine links an ihren Vater gelehnt. Elisa setzte sich auf eine der Backsteinstufen und zog das Baby an sich. Das Essen war fertig, die Luft war mild, sie würden noch ein wenig warten.

Sie sprachen nicht. Langsam senkte sich die Dämmerung herab. In der lauen, frühlingshaften Luft bewegte sich kein Hauch. Irgendwo am Rand einer Wiese oder in einem Garten sprach ein Kind – eine weit entfernte, kaum wahrnehmbare Stimme, die diesen seltsamen Frieden nicht störte.

Daß sich nur ja niemand bewegte... sich kein Lüftchen regte... Die Stunde ist kostbar. Ende oder zarter Neubeginn? Es schien, als würde etwas geboren oder als stürbe etwas.

Und so geschah es dann.

Als Elisa Anstalten machte, das Licht zu löschen, hielt Gilles sie zurück.

»Warte«, sagte er, »ich muß dir noch etwas sagen.«

Sie wandte sich zu ihm um und wartete, den Ellbogen auf das Kopfkissen gestützt.

»Ich habe sie getroffen«, fuhr er fort. »Victorine.«

Als sie diesen Namen hörte, den er nie mehr ausgesprochen hatte, erschrak Elisa. Gilles lächelte: »Mach dir keine Sorgen.« Und er fügte verächtlich hinzu: »Es hat mich völlig kaltgelassen!«

Jetzt könnte Victorine ruhig versuchen, ihn wieder zu erweichen! Sie könnte tun, was sie wollte, zu ihm zurückkommen, betteln, sich ihm vor die Füße werfen, es würde ihn kaltlassen wie einen Eisblock, bekräftigte er.

Elisa heftete ihre großen, erwartungsvollen Augen auf sein ruhiges, etwas spöttisches Gesicht.

»Ist das auch wirklich wahr, Gilles?«

»Wenn ich's dir sage. Du weißt, daß du mir glauben kannst.«

Sie wußte es ... Sie hatten nicht mehr darüber gesprochen, ihr war sehr wohl aufgefallen, daß es Gilles besserging ... Dennoch traf sie die Nachricht, Victorines Anblick habe ihn kaltgelassen, jetzt wie ein unerwarteter Schock.

Gilles sprach weiter: Ja, er sei sich sicher, sie nicht mehr zu lieben. Es war ihm noch nie so klargeworden wie vorhin, als er sie sah. Im übrigen dachte er an die ganze Sache fast überhaupt nicht mehr, und wenn er an diesem Abend nochmals davon anfing, dann nur, weil er ihr begegnet war und Elisa mitteilen wollte, was er dabei empfunden hatte. In was für einen Zustand hatte er sich von Victorine bringen lassen! Von diesem verkommenen Ding ... Ach! Er sah seinen Irrtum jetzt ein ... Er hatte sein ganzes Glück zerstört, seine Liebe zu Elisa ... Jetzt gab es nichts mehr, was ihn traurig oder fröhlich machen konnte, er fühlte nur noch eine große Gleichgültigkeit. Er hatte den Eindruck, daß es von nun an immer so sein würde – er würde nie mehr Schmerz und auch nie mehr Freude empfinden. Manchmal war er deshalb ein wenig ratlos, doch er litt eigentlich nicht darunter und wünschte sich auch nicht, daß er sich änderte. Er fand, daß auf diese Weise alles viel einfacher war.

»Ja. Es ist so, als würde um mich überhaupt nichts passieren«, erklärte er, »oder als wenn mein Körper ganz leer wäre.«

Elisas Herzschlag raste. Ein wenig abwesend hörte sie Gilles zu, ohne den Sinn seiner Worte genau zu begreifen. Er verstummte. Als er sich auf die Seite drehte, um einzuschlafen, ließ sie den Kopf aufs Kissen sinken. Nach und nach beruhigte sie sich, bemühte sich, allmählich in die Realität zurückzufinden. Sie rief sich Gilles' Sätze noch einmal in Erinnerung: »Alles, was mit ihr zusammenhängt, läßt mich jetzt so kalt wie einen Eisblock... Sie kann zurückkommen, fortgehen, völlig verschwinden, das ist mir ganz egal.«

Schon hält sie inne, verwirrt und aufgewühlt – Gilles ist geheilt... Der heiß ersehnte Augenblick ist da! Das Heute stirbt endlich... Und jeder Morgen wird von nun an ein neuer Tag sein... Sie ist befreit und kann jetzt endlich wieder anfangen zu leben... Befreit... Leben!

Sie zittert, kann fast nicht atmen. Wie schwer die Freude auf das verwundete Herz drückt... In einem einzigen Gedanken faßt sie die Last ihrer durchlittenen Schmerzen zusammen, und zum erstenmal erscheinen sie ihr zu schwer für ihre schwachen Schultern... Sie ist müde, als sie endlich am Ende ihres Leidenswegs angelangt ist... So müde...

Aber obwohl sie am Ende ihrer Kraft ist, gelingt es ihr, in die Nacht hineinzulächeln. Sie ist befreit... Gilles ist geheilt... Das Leben kann neu beginnen.

Leben... Leben! Schon morgen. Morgen...

Heute nacht hat sie nur ein übermäßiges Schlafbedürfnis. Schlafen... Sie schmiegt sich ganz sacht an den Körper, der friedlich neben ihr liegt – und ihr schwerer Kopf fällt matt auf die Schulter des Geliebten. Schlafen, tagelang nur schlafen, so wie jetzt, an Gilles' Schulter...

Der Morgen brach an. Ein diffuses Licht drang ins Zimmer, erleuchtete die Fensteröffnung, streifte traurig dieses schöne erschöpfte Gesicht. Gab es Hände, die zärtlich genug waren, diesen schlafenden Körper zu wiegen? Lippen, die verliebt genug waren, um ihn aus diesem kostbaren Schlummer zu holen?

Gilles war schon eine Weile auf und wusch sich unter lautem Wasserplätschern das Gesicht. Elisa wachte auf und wußte sofort, daß sie verschlafen hatte. Eilig bereitete sie das Frühstück, mit den gewohnten unbewußten Bewegungen, der Kopf noch immer benommen von dem schweren Schlaf, der zu früh unterbrochen wurde.

»Bis heute abend, Lisa!« Er winkte ihr zu und zog die Tür hinter sich ins Schloß.

Die Zwillinge gingen in die Schule. Elisa setzte den kleinen Gilles in den Kinderstuhl und ging ins Schlafzimmer hinauf. Sie hatte noch keine Zeit gehabt, sich zu frisieren. Sie löste die glänzenden schwarzen Zöpfe, die ihr blasses, schmal gewordenes Gesicht umrahmten. Das offene Haar fiel üppig und lang herunter, fast zu schwer für diesen kleinen, entkräfteten Kopf.

Sie erinnert sich wieder an die Nacht, an ihre seltsame Hochstimmung, und empfindet diese Freude auf einmal als etwas Totes. Dabei ist Gilles doch geheilt... Hat sie keinen Grund, sich zu freuen? Hat Gilles nicht gesagt, daß er Victorine nicht mehr liebt, daß ihn alles, was mit ihr zusammenhängt, kaltläßt. Doch – aber sie hat es auf sich beruhen lassen, dabei hatte er noch ganz andere Dinge gesagt... Sätze, die verletzend waren, obwohl sie ihren Sinn noch nicht völlig erfaßt hatte. »Es ist, als spielte sich um mich herum nichts mehr ab...«

Nein – ihre Aufgabe ist noch nicht beendet... Victorines Bild ist aus Gilles' Herz verschwunden... Und jetzt ist es an ihr, dieses leere Herz wieder zu füllen... Die frühere Liebe muß wiederentdeckt werden...

Sie beugt sich hinunter, um einen ihrer Kämme aufzuheben, und als sie sich zu schnell wieder aufrichtet, brennen merkwürdige goldene Sternchen vor ihren Augen. Sie setzt sich und verharrt einen Moment regungslos, die Hände auf ihrem Kleid verschränkt, den Blick geradeaus gerichtet. Gilles – Gilles' Liebe! Elisas Liebe? In ihrem Herzen ist etwas verwelkt.

Sie steht auf, geht langsam durch das Zimmer. Was muß sie heute vormittag alles erledigen? Die Wäsche ausspülen, sie auf dem Speicher zum Trocknen aufhängen... Den Küchenboden wischen... Das Kupfer polieren... Gemüse kaufen... Aber welche Bedeutung haben all diese Tätigkeiten? Um sie herum ist alles tot. Sie geht am Spiegel vorbei, sieht ihr aufgelöstes langes Haar, schlingt es, ohne es zu flechten, zu einem schweren Knoten zusammen, den sie nur lose hochsteckt.

Sie geht die Treppe hinunter, und ihre Hände beginnen mit der nutzlosen Arbeit. Meine Liebe – wo bist du geblieben, meine Liebe? Nirgendwo. Du hast mich erfüllt, ich bestand aus nichts anderem. Meine Liebe? Nichts. Ich bin nichts. Schein, Täuschung, Hoffnung, Wechselspiele des Zufalls... Das Leben geht seinen Gang... Wo bist du, Elisa? Hier... Meine Hände tauchen ins kalte Wasser, ziehen das bläuliche Tuch heraus, wringen es aus... Und der Berg der schweren, nassen Wäsche wächst in dem geflochtenen Wäschekorb... Das Leben geht seinen Gang. Aber wer ist Elisa? Ich kenne diese Frau nicht mehr... Ich bin nichts. Gilles' Frau? Oh, meine Liebe, warum hast du mich verlassen...

Sie hebt den vollen Korb hoch und stellt ihn sich auf die Hüfte. Das Kind ruft nach ihr, sie wendet sich nicht um, sondern steigt langsam die Stufen hinauf.

Der Speicher hat sich durch die Sonne bereits etwas erwärmt und riecht nach feuchtem Tannenholz. Sie stellt den Weidenkorb ab, bewegt ihren Arm wie zur Probe, um ihn gleich wieder herunterfallen zu lassen.

Die Schachtel mit den hölzernen Wäscheklammern nehmen... Die Wäschestücke eins nach dem anderen aus dem Weidenkorb holen und auf die langen Leinen hängen... Und danach? Die nächste Arbeit... Wozu? Mit welchem Ziel? Sinnlos, es gibt kein Ziel. Und was wird am Ende dieses Tages geschehen? Nichts. Und morgen? Dasselbe wie heute. All diese Wäsche aufhängen, nein, das schafft sie einfach nicht! Lieber warten. Darauf warten, daß irgend etwas geschieht... Heute abend?

»Guten Tag, Lisa.

Guten Tag, Gilles.

Ist das Abendessen fertig?

Ja, du kannst essen. Liebst du mich, Gilles?

Nein, Elisa. Und du, Elisa, liebst du mich?

Ich weiß es nicht, Gilles.«

Sie bleibt verstört neben dem Wäschekorb stehen. Ihr nachlässig zusammengestecktes Haar löst sich im

Nacken. Oh! Verliere nicht den Mut, Elisa! In dir ist alles unverändert... Du hast von den anderen so viel hingenommen, ohne zu hassen, ohne je zu strafen, ohne einmal zu verzweifeln... Nimm auch bei dir selbst diesen einen Tag der Schwäche hin. Laß deinen erschöpften Körper seine Kräfte wiederfinden... In ein paar Tagen wirst du verstehen, daß deine Liebe dich nicht verlassen hat... Du wirst sie unbeschädigt, stark, unveränderlich wiederfinden... Warte ein paar Tage... ein paar Stunden... Vielleicht wirst du schon heute abend, wenn du diesen stattlichen, muskulösen Körper in seinem Cordanzug im Türrahmen erscheinen siehst, wieder diese unendliche Liebe fühlen, die dich bewegungslos an die Messingstange des Küchenherdes gebannt hat... Und vielleicht wird Gilles sich dir strahlend in seiner wiedergefundenen Liebe nähern und dich zart auf die Stirn küssen wie am ersten Tag... Und selbst wenn es hier für dich nur noch tote Dinge gäbe! Vielleicht bekommst du eine Chance, dein Bedürfnis nach Liebe und Leben anderswo zu stillen... Mut, Elisa! das Leben ist überall... Warte... Gib nicht auf... Warte! Es dauert nicht mehr lange, und das Leben wird neu erwachen...

Doch sie denkt nicht, hört nicht und sieht auch nicht. Sie fühlt nur diese merkwürdige Leere um sich herum. Nein, sie kann ohne diese Liebe nicht leben, nicht einen einzigen Tag.

Sie macht einen Schritt nach vorn, tastet sich mit ausgestreckten Armen durch eine tote Welt, in der sie sich nicht mehr zurechtfindet. Durch das niedrige Fenster des Speichers sieht man in der Ferne die Hochöfen, die lichterloh brennen und deren Schlote aus voller Kraft rauchen. Elisa sieht nicht hinaus. Sie hebt die Hände, klammert sich an den Fensterrahmen und steigt auf das schmale Holzbrett. Sie ist groß, sie muß ein wenig den Kopf einziehen, um nicht an die Deckenbalken zu stoßen. Einen Moment lang legt sie die Wange an die verputzte Wand, ihre Augen sind geschlossen, das Gesicht wirkt ruhig, fast als lächelte sie. Das Fenster ist offen, ein leichter Frühlingswind weht über das Land, verfängt sich in Elisas langem Rock und läßt den Saum in sanften Wellen um ihre Knöchel spielen.

Mit immer noch geschlossenen Augen schiebt sie vorsichtig ihren Kopf zum Rand der Mauer vor und unter dem Fensterrahmen hindurch. Sie neigt sich ein wenig hinaus. Und dann löst sie ihre Hände, mit denen sie sich festgehalten hat, mit einer weit ausholenden, leidenschaftlichen Geste.

Marthe war im Nachbargarten. Sie drehte sich um, als sie das Geräusch des aufschlagenden Körpers hörte, und stieß einen durchdringenden Schrei aus.

Leute rannten herbei, beugten sich über Elisa, ohne daß jemand es wagte, sie zu berühren. Marthe richtete sich auf und klammerte sich an den Arm ihres Sohnes: »Lauf schnell«, sagte sie mit Entsetzen in der Stimme. »Geh und hole Gilles.«

Der junge Mann sah seine Mutter mit stumpfem Blick an, so als verstünde er überhaupt nichts, und murmelte: »Gilles?«

»Ja doch, Gilles... Elisas Mann!« schrie Marthe.

Sie atmete noch, und bei diesen Worten war es, als ginge ein Schauder durch ihre zerbrochenen Glieder. Es waren die letzten Worte, die sie hörte.

Nachwort

La Femme de Gilles war dem Verlag Gallimard von Jean Paulhan empfohlen worden, dem Herausgeber der *Nouvelle Revue Française* und einflußreichen Entdecker literarischer Talente. Der Roman wurde von der Pariser Kulturszene nach seinem Erscheinen 1937 enthusiastisch aufgenommen. Der bekannte Kritiker Ramon Fernandez fand besonders erstaunlich, daß es sich dabei um einen Erstling handelte: »Der Ton und die Ausgewogenheit sind bemerkenswert«, schrieb er, »und auch die Kunst, Stille zu vermitteln... gelingt ihr meisterhaft.« Heute gesteht Madeleine Bourdouxhe ein, daß dieser Roman immer ihr Lieblingswerk geblieben ist, weil sie durch ihn bekannt geworden ist. »Hin und wieder denke ich über den Roman nach«, sagt sie, »und stelle fest, daß er gar nicht so schlecht ist.«

Keiner der Kritiker, die sie damals als einen neuen Stern am Literaturhimmel gefeiert haben, hätte voraussagen können, daß der literarische Ruhm einer so begabten Dreißigjährigen so rasch wieder erlöschen könnte, weil der literarische Mainstream, in dem ihr Werk entstand, bereits seinem Ende zuging. Wenn man sie heute dazu befragt, lacht Madeleine Bourdouxhe leise und zuckt mit den Schultern. Sie glaubt an das Schicksal, und ihre Arbeiten veröffentlicht zu sehen war ihr nie so wichtig, wie das Schreiben selbst – wofür sie sich, wie viele andere Frauen, die Zeit stehlen mußte –, am Küchentisch oder bis tief in die Nacht. Schreiben war für sie dennoch immer eine Berufung, nicht nur eine nette Nebenbeschäftigung. Auch heute noch, im Alter von neunzig Jahren, arbeitet sie bis tief in die Nacht, aber jetzt in einem modernen Wohnblock im Brüsseler Süden, wo sie ein Stockwerk über ihrer Tochter und Enkelin lebt. »Schreiben war mir immer ein starkes Bedürfnis«, sagte sie, als ich sie Ende der achtziger Jahre besuchte, »und das ist heute noch so – auch wenn ich nicht oft nach Paris kam, um meine Arbeiten unterzubringen. Aber ich habe immer viele Neuerscheinungen gelesen.« Sicher hätte Madeleine Bourdouxhe noch wesentlich mehr veröffentlichen können, wenn sie von kompetenter Seite Unterstützung erfahren hätte. Daß dies nicht der Fall war, ist ein Verlust für uns.

Der unmittelbare Grund für ihr Verschwinden von der literarischen Bühne war der Ausbruch des Zweiten Weltkriegs im Jahr 1939 und die Besetzung Belgiens und Frankreichs. Da sie in Brüssel lebte und sich aktiv in der Résistance engagierte, hatte sie keinerlei Kontakt zu Verlagen wie Gallimard, die von den Nazis übernommen worden waren. 1943 erschien ihr Pariser Roman *A la recherche de Marie* in einem kleinen Brüsseler Verlag, und im Laufe der Jahre verschiedene Erzählungen in französischen und belgischen Zeitschriften. Doch erst vor kurzem wurde sie von Feministinnen wieder gelesen und für unsere Zeit neu entdeckt.

Erst 1985 wurde *La Femme de Gilles* in Belgien neu aufgelegt. Im selben Jahr erschien in Paris auch ein Band mit Erzählungen in einer von Françoise Collin herausgegebenen Reihe. Die Erzählungen dieses Bandes *Sept Nouvelles* haben vor allem das Leben in der Besatzungszeit zum Thema.

Als ich mich im Zusammenhang mit der Übersetzung ihrer Werke ins Englische um Informationen über die Schriftstellerin bemühte, stellte ich fest, daß bisher fast nichts über sie geschrieben worden war – und dies reizte mich. Ich reiste also mehrmals nach Brüssel, und wir unterhielten uns ausführlich. Meine Ausgabe der Erzählungen enthielt eine biographische Einleitung und das seit langem vergriffene *Sous le Pont Mirabeau* mit den Originalillustrationen von Mig Quinet; der Band wurde 1989 unter dem Titel von einer der Erzählungen *A Nail, a Rose* veröffentlicht, die, wie ich später erfuhr, einen internationalen Kurzgeschichten-Wettbewerb des französischsprachigen kanadischen Rundfunks gewonnen hatte. Die Veröffentlichungen dieser Erzählungen auf englisch und Informationen über ihr Leben – eben auch die Nachricht, daß sie noch am Leben war – markierten einen Wendepunkt in dem Prozeß der Wiederentdeckung, und das Œuvre Madeleine Bourdouxhes wird jetzt endlich auch in andere Sprachen übersetzt.

Vor allem Simone de Beauvoir gebührt Dank dafür, daß sie seinerzeit Madeleine Bourdouxhe in ihrem Buch *Das zweite Geschlecht* erwähnte, das 1949 bei Gallimard erschienen ist. De Beauvoir lobt vor allem ihre subtile Beschreibung der Unterschiede zwischen männlicher und weiblicher Sexualität. Gilles' Verhalten im Bett ist typisch für die Art und Weise, in der Männer versuchen, »erotisches Vergnügen zu einer rein selbstbezogenen, getrennt erlebten Empfindung zu reduzieren«. Allein die Tatsache, daß er Elisa fragt, ob es ihr gefallen hat, »macht die Trennung zwischen ihnen deutlich, läßt den Liebesakt zu einer mechanischen Handlung werden, die der Mann bestimmt... Er strebt viel mehr nach Dominierung als nach Verschmelzung und Gegenseitigkeit... Es gefällt ihm, wenn die Frau sich gedemütigt fühlt, als Besitz, gegen ihren eigenen Willen; er fordert immer ein wenig mehr, als sie gibt.«

Als ich Madeleine Bourdouxhe erzählte, daß ich diese Stelle ausgegraben hatte, wurden in ihr lebhafte Erinnerungen an die Freundschaft mit der Schriftstellerin wach, die etwa gleichaltrig war, wie sie Philosophie studiert hatte und in derselben Sprache schrieb. »Natürlich hatte ich von ihr gehört, und ich hatte auch Sartre kennengelernt: kurz nach dem Krieg veröffentlichte er eine meiner Erzählungen in seiner Zeitschrift *Les Temps modernes*. Aber es hat mich vollkommen überrascht, meinen Namen in Beauvoirs *Das zweite Geschlecht* zu entdecken. Ich habe es nur gekauft, weil es ein neues Buch über die Rolle der Frau war.«

Bei ihrem nächsten Besuch in Paris versuchte sie, Simone de Beauvoir zu treffen. »Ich ging in dieses berühmte Café – wie heißt es noch gleich – Les Deux Magots –, um mich ihr vorzustellen. Danach habe ich mich immer, wenn ich in Paris war, mit ihr und Sartre verabredet. Wir trafen uns meist in einem Café oder einem Bistro. So freundeten wir uns an. Wir unterhielten uns über Gott und die Welt – Bücher, Kinder, Männer, Politik.« Madeleine Bourdouxhe hat diese Ausflüge in das literarische Leben von Paris sichtlich genossen. Ihre Tochter Marie, die 1940 geboren wurde, erinnert sich noch lebhaft daran, wie sie gelangweilt den Boulevard St. Germain auf und ab ging und darauf wartete, daß ihre Mutter endlich aus der Brasserie Lipp herauskam. »Ich kannte jedes einzelne Blatt an jedem Baum auf diesem Stück des Boulevards...«

Man muß sich in Erinnerung rufen, daß Simone de Beauvoir selbst noch um ihr literarisches Debüt rang, als *La Femme de Gilles* 1937 erschien. Sie begann gerade ihren ersten Roman *L'Invitée* (dt. *Sie kam und blieb*), der schließlich erst 1943 veröffentlicht wurde.

Da beide Romane von einem *ménage à trois* handeln – de Beauvoirs basiert auf einer Affaire Sartres mit einer jungen Frau, die sie selbst protegiert hatte –, bietet sich ein Vergleich zwischen *L'Invitée* und *La Femme de Gilles* an. Vordergründig könnte der Unterschied zwar nicht größer sein, da Simone de Beauvoirs Roman im Milieu der Pariser Avantgardetheater und -cafés spielt – doch die heranwachsende Xavière, die bedrohliche, launische »Andere«, trägt viele Züge von Victorine. Die Auflösung des Konflikts wird genauso gewaltsam und überstürzt durch die Protagonistin herbeigeführt (in diesem Fall bringt Françoise Xavière um, deren sinnliche Körperlichkeit sie ebenso quält, wie Victorines Körperlichkeit für Elisa zur Qual wird), und das grundlegende Dilemma liegt ebenfalls in einer übergroßen Abhängigkeit vom Mann. Françoise stellt fest, daß ihr Leben sich trotz ihrer Weltläufigkeit zu sehr um Pierre dreht, dies geht sogar so weit, daß für sie nichts wirklich existiert, bevor sie ihm davon erzählt hat: »All ihre Gedanken kreisten um ihn und galten ihm.« In ihrer autobiographischen Schrift *In den besten Jahren* erwähnt Simone de Beauvoir, daß sie auf die Erzählstruktur dieses frühen Romans besonders stolz war – wie in *La Femme de Gilles* wird die Geschichte auch hier nicht nur aus der Perspektive der Hauptfigur Françoise, sondern auch aus der Sicht anderer Charaktere erzählt, so daß »keine Einzelfigur im alleinigen Besitz der Wahrheit ist.«

In unseren Gesprächen äußerte sich Madeleine Bourdouxhe ausführlicher über Simone de Beauvoir als Person denn als Schriftstellerin: zwar bewundert sie Sartre, besonders für seine Zurückweisung des Nobelpreises, doch sie meint, daß Simone de Beauvoirs Werk »zu sehr unter seinem Einfluß gestanden hat«. Ihrer Ansicht nach sind beide »in erster und wichtigster Hinsicht Philosophen und nicht Schriftsteller«. Niemand wird bestreiten, daß das Philosophieren für die redegewandten Intellektuellen bei Simone de Beauvoir ebenso natürlich ist wie das Schweigen für die einfachen Geschöpfe Madeleine Bourdouxhes.

Als Roman besitzt *La Femme de Gilles* viele Merkmale einer klassischen Tragödie. Die geringe Zahl der handelnden Personen, der eng umgrenzte Raum und die symmetrische Struktur geben ihm eine Universalität, die dem sich entwickelnden Drama eine leidenschaftliche Intensität verleihen. Und wie in den Tragödien Racines wird das Ende des Romans durch ein Ereignis ausgelöst, das schon zu seinem Beginn stattfindet und auf dessen Folgen weder die Charaktere noch der Erzähler wirklich Einfluß haben. Nachdem Gilles Victorine geküßt hat, führt kein Weg mehr zurück.

Diese aufwühlenden Gefühle sind in einen Rahmen gesetzt, der dadurch wirkt, daß er zugleich vage und mit großer Detailgenauigkeit ausgestaltet ist. Wir wissen, daß wir uns in der Nähe einer großen Industriestadt in Nordeuropa befinden, wo Tag und Nacht Fabrikschlote qualmen, wo Luftverschmutzung und ein eisiger Wind den Gartenbau zum Kampf werden lassen, wo ein einziger kleiner Tisch für alle Grundbedürfnisse des häuslichen Lebens genügt – Essen, Bügeln, Lesen, Kartenspiel und Kinderspiele. Es ist eine kleine Welt, in der das Leben und die Liebe durch die Jahreszeiten und die Fabrikschichten eingeteilt werden. Es könnte beinahe überall sein; doch handelt es sich bei der beschriebenen Stadt tatsächlich um Lüttich, wo Madeleine Bourdouxhe die ersten Jahre ihrer Kindheit verbrachte. Der Name der Stadt wird allerdings nicht genannt. Um so mehr freute sich die Autorin, als ihr Landsmann Georges Simenon ihr einmal schrieb, daß er den Schauplatz der Handlung erraten habe.

»Ich bin in Lüttich aufgewachsen, und das hat meine Arbeit entscheidend geprägt«, erzählt Madeleine Bourdouxhe. »Das war sehr wichtig für mich. In jener Zeit, vor dem Ersten Weltkrieg, standen die größten Fabriken Belgiens in Lüttich: es war eine reine Industriestadt. Ich kann mich an die Kohlebergwerke meiner Kindheit erinnern und an die kohlrabenschwarzen Gesichter der Grubenarbeiter.

Aus meiner eigenen Familie arbeitete niemand in den

Kohlebergwerken, mein Vater war Ingenieur, er kaufte und verkaufte Maschinen. Aber ich habe mich von klein an für Fabriken interessiert und ebenso für die Menschen, die in ihnen arbeiteten. Als ich ein wenig älter war, kam ich auch mit einigen in Kontakt – durch das Dienstmädchen meiner Eltern, an dem ich sehr hing.«

Die Lebhaftigkeit, mit der sie von ihren Kindheitserinnerungen berichtet, macht deutlich, daß es für Madeleine Bourdouxhe eminent wichtig ist zu zeigen, wie einander überlagernde Erinnerungen und verschiedene Bewußtseinschichten in der weiblichen Psyche zusammenwirken. Am Ende ihrer fast dokumentarischen Kriegs- und Flüchtlingserzählung *Sous le Pont Mirabeau* steht sie mit ihrer kleinen Tochter an einem Fenster und denkt über die Zukunft nach: »Das Kind ist viel zu klein, um zu verstehen, was seine Mutter ihm sagen will – und wie sollte sie es auch verständlich machen können? Was vor uns liegt, ist ebenso offen und ungeformt wie das kleine Mädchen; ihre Sinne und Ideen müssen sich erst noch ausbilden. Im Laufe der Jahre wird sie zur Frau heranwachsen und klare Vorstellungen vom Leben entwickeln.«

In *La Femme de Gilles* taucht Elisa häufig tief in ihre Kindheits- und Jugenderinnerungen ein, so als suchte sie die Lösung zu ihrem Dilemma in einer Anhäufung von Bilderfolgen: wie sie mit ihrer Mutter zu Fuß durch die ganze Stadt geht, wie sie ihrer kleinen Schwester das Haar kämmt, ihre Ausgelassenheit bei einem Waldspaziergang mit Gilles kurz vor ihrer Hochzeit. All diese Vignetten werden mit solcher Eindringlichkeit geschildert, daß es scheint, als seien sie in Elisas Gedächtnis stets präsent gewesen; als diese Erinnerungen so schmerzlich werden, daß sie sie nicht mehr ertragen kann, ist sie in der Lage, diese zu unterdrücken: »Elisa unterbrach die Prozession der Bilder.« Doch andererseits findet sie in ihren Erinnerungen manchmal auch Trost: »Gilles' Hände, die ihre Brüste hielten, Elisas Küsse: es waren die gewohnten Zärtlichkeiten, die auf einmal die Gegenwart mit der früheren Sicherheit ihrer Liebe verbanden...«

Madeleine Bourdouxhe erklärte diesen Prozeß der Verinnerlichung in einem kurzen Text in den *Éditions de la Nouvelle Revue Française* im Oktober 1937. »Wenn man Elisa von außen betrachtet«, schrieb sie, »ist ihr Kampf kaum wahrnehmbar. Meine Absicht war es, Elisa durch ihre Innenwelt zu folgen. Ich schuf sie aus Einzelbeobachtungen verschiedener Frauen in meiner Umgebung. Ich fing zum Beispiel einen flüchtigen Blick auf, einen Ausdruck, ein Lächeln, das nur einen kurzen Augenblick aufleuchtete – dann war es wieder verschwunden... doch ein solcher Blick entsprang einem Gefühl, das diese Frauen erfüllte und ihr eigentliches Wesen ausmachte.«

Obgleich sie sich nicht von einer einzelnen Schule oder einer bestimmten Bewegung vereinnahmen läßt, kann man Madeleine Bourdouxhes Werk doch auch nicht völlig isoliert betrachten. Vor allem deswegen nicht, weil *La Femme de Gilles* sich so leicht in eine Tradition einfügt, derer sich insbesondere die feministische Literaturkritik annahm: Romane, in denen sich hinter der vordergründigen Sanftmut der Heldin ein gequältes, ja sogar zerrissenes Wesen verbirgt. Doch im Unterschied zur Mehrzahl der Romanschriftstellerinnen des 19. Jahrhunderts, deren Werke unter diesem Gesichtspunkt analysiert wurden, stehen Madeleine Bourdouxhes Protagonistinnen am Rande der Gesellschaft und sind durch ihre soziale Position geprägt. Dadurch rückt sie in die Nähe des viktorianischen Schriftstellers Thomas Hardy, was erstmals von Ramon Fernandez (1937) bemerkt wurde.

Die Wahl des proletarischen Kontexts ermöglicht sowohl Hardy als auch Bourdouxhe, zu beschreiben, wie Menschen empfinden, während sie bestimmte Erfahrungen machen. Tess Durbeyfield und Elisa sind beide natürliche, sinnliche Frauen, die sich instinktiv und unintellektuell verhalten; naiv begehen beide den Fehler, sich einer Taktik zu bedienen, um das Glück zu erreichen, nach dem sie sich sehnen und das ihnen verweigert wird. Obgleich beide ein hochentwickeltes Innenleben besitzen, sprechen sie nicht viel – und wenn sie es schließlich tun, ist es zu spät. Beide Frauen sind in gewissem Sinn Märtyrerinnen der Liebe, die sie verkörpern. Für Elisa ist der Schmerz besonders groß, weil sie niemanden hat, dem sie sich anvertrauen kann: Sie ist mit dem größten Schmerz, den sie je empfunden hat, ganz allein.

Für die Außenwelt mag Elisa der Inbegriff der perfekten Ehefrau und Mutter sein, doch als ihr Gilles' Leidenschaft für Victorine schmerzlich bewußt wird (deren Last sie schließlich für ihn und für sich tragen muß), beginnt sie, die Erwartungen an diese Rolle unerträglich zu finden. In der eindrucksvollen nächtlichen Szene, in der sie Gilles zum Bäcker und weiter über die verschneiten Felder folgt, während ihre Kinder allein zu Hause sind, ruht sie sich in einer kleinen Laube aus, eine dunkle Gestalt im Schnee. Sie bietet ein Bild des Jammers, doch ihr inneres Feuer ist noch nicht vollständig erloschen, und sie denkt traurig über ihr Schicksal nach. So sehr sie ihre Kinder auch liebt, sie sind nur die Erweiterung ihrer Liebe zu Gilles: er ist ihr Mann, ihre ganze Welt, und sie hat »ein Recht, um ihn zu kämpfen«. Und nun überlegt sie, ob sie nicht vielleicht vom Schicksal benachteiligt worden ist: warum sollte sie nur auf diese eine Weise Erfüllung finden? Der heutige Leser, dessen Geduld Elisa manchmal fast in einem unerträglichen Maß strapaziert, ist wohl froh darüber, daß Elisa sich schließlich diese Frage stellt.

Doch statt eine Antwort zu erhalten, folgen wir Elisa auf dem Weg der immer weiter fortschreitenden Selbstzerstörung: sie erfüllt ihr Schicksal als *»la femme de Gilles«*, Gilles' Frau – ein Etikett, das im Französischen einen Doppelsinn besitzt und dessen Ironie und Zweideutigkeit beabsichtigt sind. Elisa hatte sowohl eine Frau als auch Gilles' Ehefrau zu sein, doch nach dem Kuß sieht Gilles in ihr nicht mehr die Frau, und deshalb ist sie auch nur noch dem Namen nach seine Ehefrau. Viele Buchtitel spielen in ähnlicher Weise mit Namen und Bezeichnungen: Tess ist in Wirklichkeit keine »d'Urbervilles« – daß sie versucht, diesen Titel einzufordern, führt sie schließlich in den Untergang –, und Emma kann es nicht länger ertragen, »Madame Bovary« zu sein, wie auch »Hedda Gabler« sich nie ganz damit abfinden kann, Frau Tesman zu sein. Auf die Frage, warum sie dem Roman den Titel *»La Femme de*

Gilles« gegeben hat, betont Madeleine Bourdouxhe, daß sie beide Bedeutungen suggerieren wollte. »Wenn nur ›Ehefrau‹ gemeint wäre, hätte ich das Wort ›épouse‹ gewählt…«

Da Elisa niemanden hat, dem sie sich anvertrauen kann, wendet sie sich an Gott, obgleich es ihr, wie Tess, schwerfällt, sich auf das Beten zu konzentrieren und sie den Rat des Priesters nicht als hilfreich empfindet. In einer Passage voll erotischer Spannung sitzt sie in der Kirche und läßt die Augen umherwandern, trotz ihres Kummers voller Aufmerksamkeit für das Leben um sie herum. Ihr Blick heftet sich auf die Statue eines nicht benannten, etwas verträumt wirkenden schönen jungen Heiligen, der, von dreizehn Pfeilen durchbohrt, offensichtlich eine Art masochistischer Ekstase erlebt. Diese Heiligenfigur übt eine starke Anziehung auf sie aus, sowohl physisch als auch spirituell: »Ihr scheint, als weite sich die junge Brust aus rosarotem Gips und hebe sich bebend wie die einer verletzten Taube.« Es handelt sich natürlich um den heiligen Sebastian, den duldsamen Märtyrer, mit dem Elisa sich voll und ganz identifiziert.

Die starke Wirkung, die Tess und Elisa auf den Leser ausüben, hängt in erheblichem Maße mit der Haltung ihrer Schöpfer zusammen: im Falle Hardys ist die Verehrung des Schriftstellers für seine Protagonistin Tess (die selbst von den Kühen im Stall allen anderen Melkerinnen vorgezogen wird) so groß, daß sie ihm in der zweiten Hälfte des Romans zu entgleiten droht. Auch die Schilderung der Handlung von *La Femme de Gilles* ist von starker Gefühlsbeteiligung der Autorin getragen, doch der Roman ist gleichzeitig ein Vorbild an Sparsamkeit, Klarheit und Zurückhaltung, so daß ganze Szenen, ja selbst ein ganzes Leben in einem einzigen Satz vermittelt werden.

Diese fehlende erzählerische Distanz zeigt sich bereits in der atemberaubenden Geschwindigkeit, mit der die Ereignisse im einleitenden Kapitel entfaltet werden. Die Stimmung in der ersten Szene – Elisas Lähmung beim Gedanken an Gilles' Heimkehr, seine Vorfreude auf den Sex mit ihr, die Zwillinge und das gesamte Tableau von häuslichem Glück – ist voller Ironie, und sie wird durch den Kuß und Elisas klarsichtige »Erkenntnis« des entsetzlichen Unbekannten abrupt zerstört, ihre Ahnung des Abgrunds, in den sie letztlich unvermeidlich stürzen wird.

»Gilles liebt mich nicht mehr.« Als Elisa dies allmählich begreift, weicht die Ironie dem Mitgefühl, das die ganze weitere Geschichte durchzieht. Die Autorin identifiziert sich mit dem Leiden der beiden Hauptfiguren, während sie gleichzeitig als eine Art Ratgeberin fungiert: sie warnt Gilles vor den Gefahren männlichen Begehrens, tröstet Elisa und lobt sie für ihre weibliche Stärke, sie drückt sogar stellvertretend deren Gefühle aus, wenn sie meint, dies besser zu vermögen, als die beiden Protagonisten es könnten. Dies verleiht der Erzählung eine solche Kraft, daß die Erzählerin selbst fast zu einer handelnden Person wird – der Chor in der klassischen Tragödie.

Auf die Frage, warum sie dieses seltsame Stilmittel verwendet hat, ihre Personen direkt anzusprechen, antwortet Madeleine Bourdouxhe, sie habe keine andere Wahl gehabt. »Die Personen haben ein Eigenleben entwickelt. Nachdem ich sie geschaffen habe, besitze ich keine Kontrolle mehr über sie – ich führe einfach nur aus, was mir gesagt wird. Manchmal weigern sie sich, mir zu gehorchen...«

Die Stimme der Erzählerin stellt zwar manchmal fast eine zu starke Beeinflussung des Lesers dar, doch sie ist niemals selbstgefällig. Madeleine Bourdouxhe schreckt nicht vor einem Perspektivwechsel zurück, um eine bestimmte Wirkung zu erzielen, um eine permanente Elastizität zwischen dem Leser, der Erzählerin und den Charakteren zu schaffen. Auch ihre Verwendung der Zeiten muß in diesem Zusammenhang erwähnt werden: ein besonders auffälliges Merkmal ist das über lange Passagen hinweg verwendete historische Präsens. Dieses Stilmittel ist im Französischen weitaus gebräuchlicher als im Englischen oder Deutschen und stellt ein wichtiges Element in Madeleine Bourdouxhes Schreiben dar, denn es gibt den Schlüsselszenen der Geschichte eine fast filmische Intensität. Sie benützt das Präsens in den Szenen, in denen sie die Unausweichlichkeit einer Situation schildert, die der Leser gleichzeitig mit den handelnden Personen erleben und empfinden soll. Zu Beginn der Geschichte (aber auch immer wieder im weiteren Verlauf) bindet sie es organisch und lyrisch ein, läßt es jedoch immer trostloser und hilfloser und schließlich zu einer tragischen Endgültigkeit werden.

Die Perspektive Elisas beziehungsweise der Erzählerin, die für Elisa spricht, ist zwar dominierend, doch sowohl den ersten Kuß als auch die Gewaltszene gegen Victorine erleben wir durch die Person Gilles'. Für eine kurze Zeit wird die Geschichte auch durch Elisas Mutter und sogar durch einen vorübergehenden Fremden geschildert, der den schweren Leib der schwangeren Elisa an sich vorbeigleiten und in der Dunkelheit verschwinden sieht. Nur Victorine mit ihrem gekräuselten Haar und ihrem »abscheulichen« Verhalten, durch bloße Sexualität, nicht durch ihr Herz bestimmt, wird eine Stimme verweigert; alle direkten Äußerungen Victorines sind nichts als belangloses Geplapper.

Im Gegensatz dazu steht den ganzen Roman hindurch Elisas stummes Ringen und Leiden – dieses Schweigen wird nur durch Gilles' Geständnis, seine Attacke auf Victorine und am Schluß durch den dumpfen Aufprall von Elisas Körper durchbrochen. Für ihre Autorin scheint Elisa einen Edelmut zu verkörpern, der äußerst beunruhigend ist. In ihrem Kommentar in den *Éditions de la Nouvelle Revue Française* beschreibt sie den Selbstmord als einen »heroischen Akt«: »Ich hätte sie gerne gerettet, doch kein Ruf aus dem Leben hätte mehr zu ihr dringen können; Rettung konnte nur aus ihrem eigenen Inneren kommen. Und als sie nur mehr auf ein Nichts reduziert war, wollte sie auch nicht mehr sein: voller Leidenschaft ging sie ihrem Ende entgegen. Die Auslöschung der eigenen Person im Namen der Liebe – das ist mehr oder weniger die Geschichte aller Frauen. Diese Erkenntnis weckt ein merkwürdiges Gefühl: das Leben der Frauen ist durch eine erschütternde Würde gekennzeichnet – aber wie gerne würde man sie davon befreien!«

Das Leugnen jeglicher Verantwortung für ihr Handeln läßt Elisas Ende noch trostloser erscheinen, macht es noch schwerer erträglich, denn es impliziert, daß die Mischung von Würde und Masochismus zu einem wesentlichen Teil von Elisas Weiblichkeit geworden ist. Als sie die Stufen zum Dachboden hinaufsteigt, selbst die Schreie ihres kleinen Kindes ignorierend, ist Elisa unwiderruflich außerhalb der Reichweite anderer Menschen. Da sie nicht nur Gilles' Liebe, sondern auch, was noch wichtiger ist, ihre Liebe für ihn verloren hat, die sie als ihre einzige Existenzberechtigung ansah, ist sie im Grunde bereits tot und blickt in den Abgrund. Nicht einmal ihre Autorin kann sie mehr zurückreißen. Das ist es, was den Roman *La Femme de Gilles* so eindringlich macht – die Unausweichlichkeit und Unerträglichkeit seines Endes.

Faith Evans

Faith Evans ist Literaturagentin und Übersetzerin in London.

SERIE PIPER

Jane Campion, Kate Pullinger

Das Piano

Der Roman. Aus dem Englischen von Carina von Enzenberg. 240 Seiten. SP 2606

Die junge Schottin Ada McGrath, streng viktorianisch erzogen, ist seit ihrem sechsten Lebensjahr stumm – nur ihr Klavier gibt ihr die Möglichkeit, sich auszudrücken und dem Gefängnis ihrer Sprachlosigkeit zu entkommen. Zusammen mit ihrer kleinen Tochter Flora schifft sie sich nach Neuseeland ein, wo sie Alisdair Stewart erwartet, ihr neuer Ehemann. Er weigert sich, ihr Klavier durch die sumpfige Wildnis des Dschungels nach Hause zu schleppen. Es bleibt am Strand. Ada ist verzweifelt und sieht erst einen Lichtblick, als sie erfährt, daß Stewart das Instrument an George Baines gegen Land veräußert hat. Baines, ebenfalls Einwanderer, der mit den Maori lebt und ihre Sprache spricht, ist fasziniert von der schönen jungen Frau: Eine dramatische Liebesgeschichte beginnt. – Mit ihrem preisgekrönten Film »Das Piano« schuf die neuseeländische Regisseurin Jane Campion eines der ungewöhnlichsten Kinoereignisse und ein weltweit gefeiertes Meisterwerk. Mit dem Roman hat Jane Campion den Stoff vollendet und um die Vorgeschichte ihrer beiden Helden – die Stummheit Adas und die Herkunft von Baines – erweitert.

»Jane Campion bewundert Menschen, die das Risiko suchen, die Grenzerfahrung, die ihr Leben in Gefahr bringt.«
Die Zeit

Rosetta Loy

Winterträume

Roman. Aus dem Italienischen von Maja Pflug. 274 Seiten. SP 2392

»Musterbeispiel eines Frauenromans – nicht, weil er von einer Frau geschrieben wurde, sondern weil er das Leben und die Welt aus einem unverwechselbar weiblichen Blickwinkel betrachtet… Rosetta Loy hat ein Buch geschrieben, das in die Literaturgeschichte eingehen wird.«

Frankfurter Allgemeine

Straßen aus Staub

Roman. Aus dem Italienischen von Maja Pflug. 304 Seiten. SP 2564

Ein altes Haus im Piemont Ende des achtzehnten Jahrhunderts, zweistöckig, mit Nußbaum, Brunnen und Allee, mit Heuschober und Ställen. Hier spielt die Geschichte, die vom Leben, Lieben und Sterben einer Familie erzählt. Das Haus wird neu gestrichen, ist hell und voller Erwartung, als Giuseppe Maria ins Haus holt. Beklemmende Stille breitet sich aus, als Fantina, Marias Schwester, drei Jahre lang an Giuseppes Bett sitzt und ihn pflegt, bis er stirbt. Das große Familienepos nimmt seinen Lauf über drei Generationen – sinnenfroh und tragisch, skurril und mitreißend.

Schokolade bei Hanselmann

Roman. Aus dem Italienischen von Maja Pflug. 288 Seiten. SP 2630

Hauptschauplatz von Rosetta Loys meisterhaftem Roman ist eine elegante Villa in den Engadiner Bergen, in der sich während des Zweiten Weltkriegs ein leidenschaftliches Familiendrama abspielt. Die schönen Halbschwestern Isabella und Margot lieben beide denselben Mann, den charismatischen jüdischen Wissenschaftler Arturo.

»In den Romanen und Erzählungen von Rosetta Loy dürfen die Ereignisse sich entfalten in dem weiten Raum, den die Autorin für sie erschafft. Ein Raum, der gleichermaßen Platz hat für Verfolgung und Tod wie für einen Blick, der zwei Menschen entzündet.«

Süddeutsche Zeitung

Im Ungewissen der Nacht

Erzählungen. Aus dem Italienischen von Maja Pflug. 236 Seiten. SP 2370

SERIE PIPER

Elisabeth Gille

Erträumte Erinnerungen

Roman. Aus dem Französischen von Roseli und Saskia Bontjes van Beek. 278 Seiten. SP 1911

Elisabeth Gille war fünf Jahre alt, als ihre Mutter, Irène Némirovsky, nach Auschwitz depotiert wurde. Sie begibt sich mit dem autobiographischen Roman auf die Spuren ihrer Mutter, der in den dreißiger Jahren erfolgreichen Schriftstellerin jüdisch-russischer Herkunft, indem sie in ihre Haut schlüpft. Mit der Geschichte dieses ergreifenden Frauenschicksals wird das vorrevolutionäre Rußland wieder lebendig: das wohlhabende jüdische Großbürgertum von Kiew, die elegante, gebildete Gesellschaft von Moskau und St. Petersburg. Dem zunehmend antisemitischen Klima in Rußland entflieht die Familie nach Paris, wo Irène ihrer Berufung zur Schriftstellerin folgt. Doch den anrückenden Nazis kann die Familie nicht entrinnen.

»Was für ein Roman! Elisabeth Gille ist eine großartige ›geträumte‹ Hommage an ihre Mutter, Irène Némirovsky, gelungen.«

Le Nouvel Observateur

Nina Simone

Meine schwarze Seele

Erinnerungen. Aus dem Amerikanischen von Brigitte Jakobeit. 271 Seiten. SP 2006

Gefühlvoll und offen erzählt eine der großen Ladies des Blues und Jazz aus ihrem wechselvollen Leben: von ihrer Kindheit in einer streng religiösen Familie, von ihrer Ausbildung zur Konzertpianistin, ihrer künstlerischen Karriere, von ihrem Engagement für die schwarze Bürgerrechtsbewegung, von ihren Ehen und zahlreichen Liebesbeziehungen, von Alkoholismus und nicht zuletzt ihren Comebacks.

»Das ist die Vita einer Frau, Mutter, Geliebten..., deren große künstlerische Leistungen stets aus dem Leiden erwuchsen, und sie enthält die... Lebensbeichte einer Jazzsängerin, deren Anliegen so häufig ›Botschaften‹ waren, erst politische und schließlich die ihres ureigenen Selbst.«

Welt am Sonntag

»Nina Simone hat ein oft poetisches, ehrliches, wütendes, depressives, tränengetränktes Protokoll einer Höllenfahrt geschrieben.«

Die Zeit

SERIE PIPER

Yann Queffélec

Lena in der Nacht

Roman. Aus dem Französischen von Michael Hofmann. 333 Seiten. SP 2698

Lena irrt durch Marseille. Nach der Trennung ihrer Eltern ist sie, gerade vierzehnjährig, von zu Hause ausgerissen und fällt Momo in die Hände, dem netten und grausamen Araberjungen, dem kleinen Dealer aus dem Norden der Stadt, wo die Illegalen leben, verstrickt in Bandenkriege und Drogengeschäfte. Momo versteckt Lena, er zwingt sie, bei ihm zu bleiben. Lena, die Tochter eines Polizisten, ist sein blonder Traum von einer anderen, bürgerlichen Wirklichkeit. – In diesem kraftvollen, vielschichtigen Roman konfrontiert Queffélec die sozialen Mißstände französischer Vorstädte mit den verlogenen Fassaden bürgerlicher Verhältnisse. »Lena in der Nacht« ist gleichzeitig erschütternde Sozialreportage, psychologischer Roman und spannender Thriller.

»Das ist ein tiefgreifender, ein vibrierender Roman und ohne Zweifel das beste von Queffélecs Büchern, voller menschlicher Wahrheit, voller Emotionen.«
Le Figaro

Die Macht der Liebe

Roman. Aus dem Französischen von Michael Hofmann. 297 Seiten. SP 2699

Als Mona nach acht Jahren Haft wegen Mordes an ihrem Geliebten bei einem Gefangenentransport fliehen kann, begegnet sie Emmanuel, einem Macho der Sonderklasse, und schlüpft bei ihm unter. Er gibt ihr Arbeit, Wohnung und Kleider und verfällt der attraktiven, wenn auch völlig heruntergekommenen jungen Frau bedingungslos. Doch Mona will nur eines: ihre kleine Tochter finden, die sie im Gefängnis zur Welt gebracht und zur Adoption hatte freigeben müssen. Eine Odyssee quer durch Frankreich nach Süden beginnt. – Dieser psychologische Thriller ist wieder ein Queffélec par excellence: kraftvoll und spannend, aber auch zart, poetisch, voller Emotionen und von beeindruckendem Tiefgang, wenn er Menschen in ihrer existentiellen Grundausstattung begreiflich macht.

Fleur Jaeggy

Die seligen Jahre der Züchtigung

Novelle. Aus dem Italienischen von Barbara Schaden. 120 Seiten. SP 2453

Das »Bausler« in Appenzell, ein Mädchenpensionat in den fünfziger Jahren – ein Ort, paradiesisch und infernalisch, denn hier werden Mädchen diszipliniert, bis Disziplin selbst zur Lust wird. Die Ich-Erzählerin, um die vierzehn Jahre alt und ganz der Anstalt ausgeliefert, ist empfänglich für den morbiden Reiz der Disziplin. Sie verfällt Frédérique, der Neuen, der Ordnung, Verachtung, Perfektion zur zweiten Natur geworden sind. Das Buch erzählt die Geschichte einer Liebe, die die Erzählerin erst Jahre später in ihrer Intensität und Ambivalenz zwischen eisiger Askese und unterdrückten erotischen Wünschen beschreiben kann. Und es erzählt gleichzeitig die Geschichte einer Krankheit: »Ich wollte eine Heranwachsende zeigen, die einem Wahn erliegt«, schreibt Fleur Jaeggy lapidar über ihre Novelle.

Die Angst vor dem Himmel

Erzählungen. Aus dem Italienischen von Barbara Schaden. 108 Seiten. SP 2602

Alle Protagonisten in diesen sieben Erzählungen verweigern sich unserer Vorstellung von Glück oder Unglück. Zum Beispiel Marie-Anne, die Mutter, die alle einigermaßen glücklichen Möglichkeiten ausschlägt, ihr ungeliebtes Kind wegzugeben, und den unglücklichsten Weg wählt, es zu behalten. Sie alle haben Angst vor dem Himmel, Angst vor dem Pakt, den sie selbst mit falschen Vorraussetzungen eingegegangen sind, mit Vorurteilen, mit blinden Wünschen ihrer Eltern. Mit verstörender Präzision und einer bestechend kristallenen Sprache beschreibt Fleur Jaeggy die Grausamkeit des menschlichen Empfindens.

»Diese Kunst der ebenso harten wie poetischen Sprachfindung, der Verdichtung und Verknappung beherrscht die Autorin Fleur Jaeggy auf meisterliche Weise.«
Süddeutsche Zeitung

SERIE PIPER

Cristina Comencini

Die fehlenden Tagebuchseiten

Roman. Aus dem Italienischen von Sabina Kienlechner. 219 Seiten. SP 2280

Federica, neunzehn Jahre, jüngste Tochter einer wohlhabenden römischen Familie, ist eine sensible und intelligente Philosophiestudentin – und Sorgenkind der Familie. Zurückgezogen und verschlossen, kompliziert und überempfindlich, verweigert sie sich immer mehr. Einzig ihr Vater, der erfolgreiche Geschäftsmann Guido Forte, hat Zugang zu ihr, hat Federicas Vertrauen. Sie schreiben sich Briefe und kleine Zettelchen. Federicas Zustand verschlimmert sich, sie verbringt die Tage in tiefer Depression im Bett, bis es ihrem Vater gelingt, das Eis zu brechen. Er darf ihr Tagebuch lesen, aus dem zwei Seiten herausgerissen sind. Da erfährt er von Marco und von Federicas Erlebnissen in den Armen dieses zwielichtigen Liebhabers…

Grazia Livi

Geheime Bindungen

Aus dem Italienischen von Maja Pflug. 234 Seiten. SP 2534

In diesen wunderbaren, ganz realistischen Geschichten begegnen wir lauter Männern: einem jungen Gott, einem Verführer, einem Mann in der Ferne, einem Vater aus Papier, einem belauerten Sohn – und Frauen, in deren Blick sie sich spiegeln. Es ist der Blick der Liebe, der Neugier, des Staunens auf das andere Geschlecht, das geheimnisvoll anziehend und fremd zugleich ist. Grazia Livi erzählt alltägliche Geschichten, in denen Männer wie Frauen in typischen, geradezu klassischen Verhaltensweisen gezeigt werden, sie beschreibt Entfernungen und Verluste. Diese poetischen Erkundungen lesen sich wie der unveröffentlichte Katalog eines Don Juan – aber von der anderen Seite gesehen: der Mann in den Augen der Frau.